冒険者の服、作ります！

～異世界ではじめるデザイナー生活～

3

糸《イト》井《イ》美《ミ》奈《ナ》
冒険者向けの
服屋さんを開店。
イリーネ
Cランク冒険者。
いつも明るく元気。
ティアナ
Cランク冒険者。
冷静かつ控えめ。

登場人物紹介
マリウス
Cランク冒険者。
長男でしっかり者。
ディートリヒ
領主お抱え魔法使い。
いつも飄飄としている。
シルヴィオ
Aランク冒険者。
一匹狼タイプ。

目次

CONTENTS

第一話　伝播《でんぱ》していく不安

ギルドの中には、たくさんの人がいるはずなのに、ディートリヒの声が妙に響き渡った。

〝ダンジョンが生まれた〟

しんと不気味に静まりかえったギルドの中に響いたディートリヒの言葉を、人々が理解するまで数秒。

じわじわと頭が理解してくると、戸惑《とまど》いと不安の声が広がっていく。息づかい程度のさざめきがどんどん大きくなり、ギルド内は騒然となった。

「なぁ、マリウス」

ギルド内の喧騒《けんそう》を横目に、シルヴィオがマリウスに問いかける。

「は、はい……」

まさか自分が見たものがダンジョンだとは思っていなかったのだろう。呆然《ぼうぜん》としていたマリウスはシルヴィオの声にハッとしたように返事をした。

「ダンジョンはどこにできたんだ？」

シルヴィオの断定するような言葉に、マリウスはゴクリと唾《つば》を飲み込む。自分の目で見てきたはずなのに、にわかに信じられないのか戸惑いに瞳《ひとみ》を揺らすマリウスを、シルヴィオは真剣な面持《おもも》ちで見つめた。

その日に気圧《けお》されながらもマリウスは口を開く。

「場所は南門を出てまっすぐ進んだ草原の真ん中です。前に俺《おれ》が調査についていった時に、魔素《まそ》が高いと言っていたあの辺《あた》りでした」

マリウスの言葉を聞いて、シルヴィオが息を呑んだような気がした。私がそうかな？　と思うくらいの小さなものだったが、彼には何か思い当たることでもあったんだろうか。

「そうか。マリウスの言葉が真実のものとして動いた方が良さそうだ」

シルヴィオがディートリヒとアロイスに向かって言う。

「そうだな。早いうちに状況を把握《はあく》しておいた方がいいだろう」

「僕も領主に報告しないとだし」

アロイスとディートリヒは、真剣な面持ちでシルヴィオの言葉に頷《うなず》いた。

「マリウス、詳《くわ》しく話がしたいから来てくれ」

「はい……！」

これからする話し合いにマリウスも呼ばれるのだろう。何しろダンジョンができたところを直接見た貴重な目撃者なのだから。

ギルドの職員たちもにわかに慌《あわ》ただしくなった。すると、めったに見ることのないギルドマスターのハーラルトが受付の前に出てきていた。

これじゃあミサンガの納品どころじゃないなぁ……。

ミサンガを納品するために冒険者ギルドに来たのだが、今はそれどころではないだろう。

「マリウス、私先に帰ってるね」

移動しようとしているシルヴィオたちについていこうとするマリウスに私は小声で話しかけた。

「わかった。気を付けてな」

「うん」

マリウスと言葉を交わしていると、シルヴィオがマリウスを待っているのかこちらに視線を向けていた。

私はさっき支えてくれたお礼も込め、小さく会釈《えしゃく》をしてその場を離れた。


ギルドの外に出ると、早くもダンジョンのことが知れ渡っているようで、人々は家や店から外に出て、不安げに会話をしている。

まだアインスバッハの町のすぐ近くにダンジョンができたことくらいしか確かな情報がないのだが、町の人々は少しでも多くの情報を集めたいのか、あちらこちらで井戸端会議をはじめていた。

それを横目に歩きながら、私はそれほど不安に感じていないことに気が付く。

正直なところ、ダンジョンというのがいまいちピンときていないということが大きいのだろう。

そもそもダンジョンというのがどういうものかよくわかっていない。

RPGに出てくるダンジョンといえば、塔や洞窟《どうくつ》が迷路状になっているものだ。

この世界のダンジョンも同じものなのかな？

だったら宝箱とかもあったりするんだろうか。

……実際にあったらあまりにも都合がいいよね、宝箱って……。

古い遺跡とかだったらあってもおかしくないだろうけど、魔物ばかりいる中に宝箱って不自然だよなぁ、と私はどうでもいいことを考える。

まあ、そもそもこちらの世界の常識に疎《うと》い私が、ダンジョンの知識なんてあるわけもない。だからこそこうして落ち着いていられるんだなと、混乱気味の町を歩いていて思う。

シルヴィオさんやマリウスはこれから忙しくなりそうだなぁ……。

おそらくダンジョンができる前兆《ぜんちょう》だった魔物の異変により、最近は依頼も少なくなっていたが、これからはイレギュラーなものが増えるだろう。

シルヴィオは今までもアインスバッハの町の周辺を調査していると言っていた。その調査の途中でダンジョンが発現したので、そこからはさらにダンジョンの調査という依頼にスライドするのではないだろうか。

そしたら、この前作った『毒回復』のミサンガのようなものが必要になってくるだろうか？

「できるだけ協力したいよね……」

一緒に戦ったりはできないけど、服飾品でのサポートなら私にもできる気がする。

まだシルヴィオの服は作れないかもしれないけど、ミサンガは気に入ってもらえたのだから、私にもできることはあるはずだ。

それに通常の『回復』のミサンガも今日は納品できなかったが、最近は品薄になっている。今私にできるのはそのくらいしかないけれど、こんなに人々が不安になっている中で少しでも安心してもらえたらいいよね。

そう思うとやる気がこみ上げてくる。

私はいつもとは違う空気を纏《まと》う町の中、足早に自宅を目指した。

第二話　閑散《かんさん》とした食堂

ギルドから自宅に戻った私は、少しだけミサンガ作りに精を出した。

しかし、ギルドに向かった時点で夕方だったため、日没まではすぐ。完全に日が落ちる前に、私はいつも晩ご飯を食べている宿屋アンゼルマへ向かった。

「こんばんはー」

私は宿屋アンゼルマの一階にある食堂に入る。

いつもより少し遅い時間だったので、食堂内は混み合っているかなと思いきや、お客さんは少なかった。

「あら、今日は遅かったんだね」

そう言って声をかけてきたのは、この宿の女将《おかみ》であるアンゼルマだった。

「はい、いろいろ作業してたらこんな時間になってしまって……。マリウスはまだ来てないみたいですね」

食堂内にマリウスの姿はない。まだギルドから帰ってきていないのだろう。

自宅で料理をしない私とマリウスは毎日この食堂に夕食を食べに来ている。

日が落ちてから私一人で町を歩くのは少し危ないので、ぎりぎり日没前に宿へ来た。もしマリウスと行き違いになっても、自宅に私がいないとわかればこちらに来てくれると思う。

「マリウスはまだだね。先に食べるかい？」

「いえ、少し待ちます」

「そうかい。好きなところに座ってな」

テーブルに着いた私に、アンゼルマは水を出してくれた。

お客さんが少ないから仕事もないのか、アンゼルマは私のテーブルに寄ってきて話し出す。

「聞いたかい？　ダンジョンができたって話」

「ちょうどその時にギルドにいたので……」

「そうだったのかい！　もう町ではその話で持ちきりだね。おかげでお客さんも今日は少なくてねぇ……」

「どうりでいつもより混んでないと思いました……」

食堂がいつもと違い閑散としているのは、ダンジョンの噂《うわさ》が広まったかららしい。悪いビッグニュースに外食という気分にならない人が多かったのかもしれない。

「町を出る冒険者も少なからずいるだろうね。うちでも明日チェックアウトするって冒険者が何人かいるし……。どうなっちまうのかねぇ」

アンゼルマは不安を滲《にじ》ませながら言った。

違う世界で育った私にとって、ダンジョンとはゲームやファンタジーの世界の話だ。この世界にいきなり来ちゃった現状がファンタジーではあるけれど、それでも馴染《なじ》みのないダンジョンという存在に、未《いま》だにピンときていない。

ダンジョンができたことで、ここまで冒険者も町の人も動揺して不安になるなんて……。

「ダンジョンってそんなに怖いところなんですか……？」

「そりゃそうだよ！　何しろ核を取るまで魔物が際限なく溢《あふ》れ出てくるんだからね！」

「え、そうなんですか⁉」

「そうだよ！　ミナはダンジョンの知識がまったくないのかい？」

「はい……。魔物がいる地下迷宮？　ってことくらいしか……」

「まあ、ダンジョンは地下迷宮だけじゃなく、塔だったり洞窟だったりいろんなタイプがあるけどね。……とは言っても、ダンジョンが何でできるのかは私にもわかんないけどさ。ダンジョンは突然出現するんだよ。今回みたくね」

「本当にいきなりなんですね……」

「多少の予兆《よちょう》はあるみたいだけどね。最近、町周辺の魔物の分布が変わってきたって言うし、それが予兆だったんだろう」

「そうなんですね……」

マリウスが出現するはずのないシザーマンティスに襲われたのは記憶に新しい。私も本来安全なはずだった場所で採取中にサンドジャッカルに襲われた。

この世界に来てまだ少ししか経《た》っていないから、私が異変として感じることはなかったけれど、町に住んでいる人にとっては明らかな異変が起きていた。

その間、地中では着々とダンジョン出現の準備がされていたのかと思うとゾッとする。

アンゼルマとそんな話をしていると、食堂のドアが開いた。

「いらっしゃい。……ってマリウスかい。お疲れ様」

やってきたのはマリウスだった。

「こんばんは。遅くなった！　先に食べてても良かったのに……」

「アンゼルマさんとおしゃべりしてたから大丈夫だよ」

マリウスは私の向かいの席に座る。

「ギルドからまっすぐここに来たの？」

「ああ、もうミナはこっちに来てると思って」

ギルドで会った時と同じ格好だし、荷物もそのままだからそうかなと思ったが、やはりギルドから宿屋アンゼルマに直で来たらしい。

「おまちどおさま。今日はフリカデレだよ」

マリウスも揃《そろ》ったから、アンゼルマが夕食を持ってきてくれた。

今日のメニューはフリカデレ。フリカデレは、所謂《いわゆる》ハンバーグだ。

ただ、日本で馴染みのあるハンバーグとは少し違う。

ソースはかかっていなくて、フリカデレそのものが割とスパイシー。お好みでマスタードをつけて食べる。

食感はハンバーグよりもっとずっしりしていて、肉汁たっぷりというより、中までしっかり火が通っていて身がぎゅっと詰まった感じ。

大きな肉団子のような印象だ。

「『いただきます』」

フォークとナイフで切り分け、一口頬張《ほおば》る。

相変わらず宿屋アンゼルマの主人であるローマンの料理はおいしい。

「それで、あの後ギルドでは何か進展はあった？」

「お、それは私も聞きたいね」

私が切り出すと、アンゼルマも興味津々《しんしん》の様子で近くにやってくる。

マリウスは咀嚼《そしゃく》していたフリカデレをゴクリと飲み込むと話し出した。

「俺はダンジョンが現れるところを見ていたから詳しく事情を聞かれて――」

「マリウスは見ていたのかい⁉」

アンゼルマは目を丸くして驚く。ダンジョンを実際に見た人物がこんなに身近にいるとは思わなかったのだろう。

「見たっていっても遠目からだったけど、地面がぱっくり割れてその間から魔物が溢れてきたから間違いないと思う」

「さぞ恐ろしい光景だったろう……」

アンゼルマは顔を顰《しか》める。私も想像しただけで悍《おぞ》ましさが伝わってきた。

「で、それもあってギルドの上層部との話し合いに少しだけ参加させてもらったんだけど、明日偵察隊が組まれることになった」

「偵察隊？」

私が首を傾《かし》げながら聞くとマリウスは説明を続ける。

「まずダンジョンが出現したっていう正確な確認と、溢れてくる魔物の調査だな。それをしないとこれからの行動方針を決められないって」

「まあ、当然だね。ダンジョンによって魔物の強さが違うらしいしね」

「みたいですね。……あ、そういえばギルドマスターからミナにお願いがあるって伝言を頼まれてたんだ」

「え、私に？」

ギルドマスターのハーラルトとは、以前サンドジャッカルに襲われた時に少しだけ会ったことがある。個人的に何か頼まれるような関係ではないから、直接の指名に内容が思い浮かばない。

「偵察隊用に回復のミサンガを融通《ゆうずう》してほしいって。費用はギルドから払うから」

「ああ、そういうこと。明日の朝一でミサンガを持って行けばいいのかな？」

「その方がいいだろう」

「わかった」

ギルドがわざわざお金を出してミサンガを装備させる偵察隊。

偵察だけといえど、今後この町がダンジョンに対してどういう方針をとるかの重要な依頼になるだろう。

その偵察隊に確実に組み込まれるだろうシルヴィオ。彼の顔が不意に頭に浮かんで、私は今更《いまさら》ながらじわりじわりと不安な気持ちが湧き上がってきた。

第三話　自分勝手な主張

翌日。

私は朝一で冒険者ギルドに向かっていた。普段は自宅で出かけるのを見送っていたマリウスと一緒である。

昨日マリウスから夕食時に、ハーラルトからの伝言をもらった。

ダンジョンの偵察隊用に冒険者ギルドがミサンガを買い取りたいという。

ダンジョンが発生したとわかる前からミサンガの需要は高まっていたので、私はこまめにミサンガを作っていた。昨日も冒険者ギルドを訪ねたのは、ミサンガの納品に行ったからだ。

……ダンジョンが見つかった騒ぎで結局納品できずに終わったが。

そのおかげもあり、『回復』の効果が付与《ふよ》されたミサンガもそれなりの数が手元にあった。

それを持って、冒険者ギルドに向かっているのである。

一夜明けても落ち着かない雰囲気《ふんいき》の町を歩く。

あと少しで冒険者ギルドが見えるという辺りにさしかかった時、私とマリウスは「おい、あんた！」と呼びかけられた。

聞き覚えのない声に振り返ると、冒険者らしき男性が私とマリウスに駆け寄ってきた。

「あんただよな！　ミサンガとかいう回復アイテムを作ってるの！」

てっきりマリウスに声をかけたのかと思っていたが、どうやら彼は私に用があったようだ。

「はい、たしかにミサンガを作って売っているのは私ですけど……」

「それを今すぐ俺に売ってくれ！」

彼は私の言葉に食い気味に語気を強めて言う。あまりの剣幕《けんまく》に私が半歩後ろに下がると、マリウスが庇《かば》うようにさっと前に出てくれる。

マリウスの行動に彼はたじろいだ。

その隙《すき》に私は口を開く。

「今、個別に販売できるミサンガは手元にないんです。少し時間をもらえたらギルドに納品できると思うんですけど……」

「それじゃあダメだ！　俺は今すぐミサンガが欲しいんだよ！」

「そう言われても……」

今持っているミサンガはこれからギルドに納品しにいくもの。売店での販売用ではなく、ダンジョンの偵察隊用に冒険者ギルドが買い上げる予定のものだ。

昨日マリウスから、今あるミサンガだけでもいいので全部持ってきてほしいと言付《ことづ》けをもらったので、余ることはないだろう。

でも時間さえあれば作ることは可能。欲しいならそれからじゃダメなのかと思うけど、男は切羽《せっぱ》詰《つ》まっている様子で私とマリウスに迫る。

「もうすぐ北門から隣の町に行くんだよ！　だから今すぐ欲しいんだ！」

男の主張はこの町から出て行くから、今すぐミサンガが欲しいと……。

そんなこと言われてもこっちだって困る。アインスバッハの町を出ていくのは男の都合で、こちらはまったく関係ない。

それなのに突然呼び止めてミサンガを今すぐ売れとは、傲慢《ごうまん》が過ぎるのではないだろうか。

ミサンガを欲しいと思ってくれることについては嬉《うれ》しくないわけじゃないが、それにしても男の主張に呆《あき》れてしまう。

「そんなに欲しいなら、なぜ事前にギルドの売店で買わなかったんだ」

「それは……」

マリウスの問いに男が言葉を詰まらせる。

ミサンガをギルドの売店に販売委託してだいぶ時間が経っている。品薄になることもあるが、定期的に補充をしていたのでまったく手に入らないという状況ではなかっただろう。

それこそ冒険者をしているなら毎日のように冒険者ギルドに行くだろうし、在庫がある時に買えるチャンスはたくさんあったはずだ。

それなのにこんな急にミサンガが欲しいなんてどういうことだろう。

「……ミサンガを買うくらいなら他のものに金を使いたかったんだよ！　そういうのあるだろ⁉」

ミサンガを買うくらいならって……。

私の中で、冒険者の基準はマリウスやシルヴィオだ。彼らはとても真剣に誇りを持って冒険者という仕事をしている。

そんな彼らが絶対欠かせないものが、回復用のアイテムだ。

基本的にはポーションと、そして私が作ったミサンガ。

依頼中、何があるかわからないから必ず備えとして持っている。ポーションもミサンガも彼らの生命線だ。

ポーションに比べてミサンガそのものは高い。ポーションを数個買うのと同じ値段だ。

けれど、その効力を考えるとミサンガの値段は決して高くはないだろう。

何しろ一度使ったらなくなってしまうポーションに対して、ミサンガは切れない限り半永久的に使用できる。

これまでマリウスが使用していた例を見ると、命に関わるような大怪我《おおけが》をしない限り、ミサンガがすぐ使えなくなることはないはずだ。

それなのにこの男はミサンガを買うのを渋った。

私なりに考えて、冒険者の人に行き渡るようにとこまめに作って納品していたのに……。

呆れるとともに、やるせない気持ちが湧き上がる。

私の中で彼にミサンガを売ろうという気持ちはなくなってしまった。

マリウスの口からもため息が零《こぼ》れた。

「ないものはない。そんなすぐに剣や防具が出来上がらないように、『回復』の効果が付与されたミサンガをそう簡単に売ってもらえると思うな。これまであった機会を逃した自分の行いを恨《うら》むんだな」

マリウスはすげなくそう言うと「行こう」と私の腕を引く。

チラリと彼の方を見ると、悔しげにこちらを睨《にら》み付けている。

「いいの？　あれ……」

「……ミナはあんなやつにもミサンガを売ろうと思っていたのか？」

「いや、そういう気持ちはまったくなかったけど……」

「ミサンガの情報を知っていながら買わずにいたんだったらこれから先、冒険者を続けていくなんて無理だろう。それにこの町から出ていくって言ってたし、もう会うこともないだろうさ」

「まあ、そうかもしれないけど……」

変に恨まれていたら嫌だなと思う。

「そういえば北門から隣の町に行くって言ってたけど、大丈夫なの？」

「ダンジョンができたのは南門の方だから、まだ北門は安全という判断なんだろう。昨日、ギルドで低レベルの冒険者たちが集団で隣の町に行くと話し合ってた」

「そうなんだ……」

アインスバッハは、新人の冒険者の町として有名だ。それは町の周囲にいる魔物がそれほど強くないからだ。冒険者入門にちょうどいいのだろう。

けれど、ダンジョンができてその環境は一変した。

もはやアインスバッハは新人冒険者にとっては厳しい環境になってきている。

だからまだ腕に自信のない冒険者は町を出ていくのだろう。

ダンジョンの攻略のことを考えると、ギルドやこの町の領主にとっては冒険者が出ていくのは避けたいだろう。しかし、冒険者を縛《しば》ることはできない。

リスクが高い職業であるが、一方で自由な職業でもある。

どこで活動するか、何をするかは、冒険者個人に委《ゆだ》ねられる権利なのだ。

きっとマリウスのように、新人だけどここに残るという冒険者の方が少数派なんだろうなと思う。

そして、もしマリウスがアインスバッハを出ていこうと言っていたら、私はどうしたんだろうとふと思った。

第四話　偵察隊の人選

途中、冒険者に絡《から》まれたものの、私とマリウスは冒険者ギルドに到着した。

中に入ると、いつもと明らかに雰囲気が違っていた。

普段、冒険者たちは依頼が張り出される掲示板や受付の前に集まり混雑しているが、今日はとある場所に長蛇《ちょうだ》の列ができていた。

それは支払いのカウンターだ。

冒険者ギルドで受けた依頼は報酬《ほうしゅう》が支払われる。しかし、それは自動的に冒険者カード内に貯め込まれ、支払いカウンターで手続きしない限り現金として引き出すことはできない。

要は、冒険者ギルドは銀行のような役割も担《にな》っているのだ。支払いカウンターで自分の冒険者カードを見せて手続きするといつでもお金を引き出せるのだが、そこに今冒険者が殺到している。

おそらく理由はダンジョンができたからだと思う。ダンジョン攻略に備えて装備を新しくしたりアイテムを買ったりするからだろうか。

支払いカウンターを見つめていると、私の視線の先を追ったマリウスが「町から出るんだろうな」と呟《つぶや》いた。

「え、なんでわかるの？」

「あんな大荷物、依頼を受ける格好じゃないだろう。現金が必要なのも、旅費としてだろうしな」

「なるほど……」

マリウスの言葉を聞いて、改めて並んでいる人たちを見ると、たしかに大荷物だ。

さっきギルドに来る前に絡んできた冒険者も町を出ると言っていたし、同じことを考えている人は多いのかもしれない。

ぼーっと支払いカウンターの列を眺めていると、私の視線に気付いたのか何人かの冒険者がこちらに視線を向けてくる。

そして、私とマリウスを見るなり「あっ」と言っている。口を開き、このまま列に並ぼうか抜け出そうか逡巡《しゅんじゅん》し始めた。

「ミナ」

「うん」

きっと彼らもミサンガが目当てなのかもしれない。列に並んでいなければすぐこちらに駆け寄ってきそうな素振《そぶ》りを見て、私はマリウスに隠されるようにして受付へ進む。

「あの、ハーラルトさんに呼ばれて来たミナといいますが」

受付の中で忙《せわ》しなく働いているギルド職員に声をかける。

「ミナさんとマリウスさんですね！　聞いてます。こちらにどうぞ」

すでに話が通っているのか、私とマリウスはすんなりと別室に通された。

部屋に入ると、そこには見知った顔が並んでいた。

「二人とも来たか」

入ってすぐの席に腰掛けていたアロイスが私とマリウスを見て言った。

部屋の中を見回すと、一番奥にギルドマスターのハーラルト。その隣にシルヴィオ。逆隣にはディートリヒ。そして、ディートリヒから一つ席を空けて、ティアナとイリーネが座っていた。

「ミナ、おはよう」

「おはよ」

ティアナがいつもより控えめな声量で声をかけてくる。イリーネはいつも通りだ。

「おはようございます」

二人も呼ばれたんだろうかと思ったけど、ここであけすけに聞くのもなんだか憚《はばか》られたので、私は黙った。むしろ冒険者の中に私が呼ばれていることの方が不自然だしね。

それにこの部屋の空気がとてもピリピリしていて、気軽に会話ができる雰囲気じゃなかった。

「さて、全員揃ったところではじめましょうか」

ギルドマスターのハーラルトがそう言って、立ったままでいた私とマリウスに座るよう促《うなが》した。

私たちは空いていたシルヴィオの隣に並んで座った。

「では今日集まってもらったのはご存じの通りダンジョンの件です。まずは偵察隊を組んで、ダンジョンの周辺の調査からはじめていこうと思っています」

偵察隊のことはマリウスから聞いていた。しかし、私がミサンガを提供しても偵察隊に組み込まれることは万に一つもあり得ない。

足手纏いにしかならない。

正直、この場にいていいのかと思う。

話に水を差すのは悪いので、黙っているけれども。

「シルヴィオ、ディートリヒ、マリウス、ティアナ、イリーネの五人には偵察隊としての特別依頼を受けてほしいと思う。この場に来てくれているということは、答えはおおむね了承《りょうしょう》と捉《とら》えているが、どうだろうか？」

ハーラルトは五人の顔を順に見回す。私の隣に座るマリウスが頷いているのが視界の端に入った。

「あの、一ついいですか？」

ティアナがハーラルトに向かって手を挙げた。

「何かな？」

「今回の人選の基準はなんですか？　正直私らくらいの冒険者は他にもいると思うんですけど……」

イリーネもティアナと同じ考えなのか頷いている。

「偵察隊にこのメンバーを選んだのにはいくつかの理由がある。まずダンジョンができる前から調査をしていたシルヴィオ。そして領主のお抱え魔法使いとしてこの件を把握していたディートリヒの二人は確定していた。そこにシルヴィオと連携がとれるマリウス。そして、多少なりともシルヴィオとマリウスと関わったことのあるティアナとイリーネ、という具合だ」

「なるほど」

「冒険者の強さの尺度は基本的にはランクだが、二人はそれを十分満たしている。過去の魔物討伐《とうばつ》実績も申し分ない。その上で、このくせ者三人と一緒のパーティーでもやっていけそうだというのが選出理由だね」

二人の冒険者としての活動については詳しくは知らなかったが、そこまで腕利《うでき》きだったなんて……！

「十分わかった」

蛇足《だそく》的に言ったハーラルトの言葉に、イリーネがとても納得した様子で答えた。

「ティアナとイリーネも偵察隊に参加ということで大丈夫かい？　もしも断るのであっても構わないよ。冒険者として依頼を選ぶ権利はある」

ハーラルトが最終確認するために言うと、ティアナとイリーネはお互いの顔を見合う。

「受けます」

ティアナの言葉にイリーネが同意を表すようにしっかりと頷いた。

「ありがとう。そして、ミナとアロイジウス様に関しては、偵察隊のサポートをしてほしい」

ハーラルトがティアナとイリーネに向けていた視線をこちらによこした。

「ミナには基本的にミサンガの優先的な納品をお願いしたい。他にもダンジョン偵察を進める中で調査に必要なアイテムがあればその作成も依頼したいと考えている。もちろん報酬はしっかり払うから安心してくれ」

ミサンガをギルドで購入したいというのは聞いていたから、それに対しては了承している。ただ、〝ダンジョンの調査に必要なアイテム〟というのが具体的になんなのかわからないため、不安ではある。

私に作れるものだったらいいけど……。

「どうかな？」

「ミサンガに関しては問題ありません。ただ他の調査に必要なアイテムに関しては、未知すぎてその都度《つど》相談という感じになりますが……」

「もちろん。その際はアロイジウス様にも協力してもらうことになるから、ミナだけに投げることはしない」

なるほど、アロイスがいろいろ助言してくれるのであれば、難しいかもしれないけど作れる可能性はある。

「それなら、大丈夫です」

「ありがとう。アロイジウス様もいいですか？」

「ああ。ただ私は引退した身だし、実際のダンジョンに行くわけじゃないからな。基本的には偵察隊の意見を取り入れるのが一番だろう。もちろん求められたら助言はするが」

「そうですね。アロイジウス様にはギルドの方をお手伝いいただきたいです」

「わかった」

元々そのつもりで異論はなかったのかアロイスは、あっさりと頷く。

「ディートリヒとシルヴィオからは何かあるかい？」

これまでのやりとりを黙って聞いていた二人に話を振る。

「僕からは特には。強《し》いて言うなら魔法使いと一緒のパーティーを組んだことのあるのってシルヴィオだけだから、最初は大変かもしれないけどついてきてね」

食えないにこやかな笑みを浮かべてディートリヒが言うと、マリウス、ティアナ、イリーネが少し怖気《おじけ》づいたような表情を見せる。

「おい、同じパーティーメンバーをビビらせてどうするんだ……」

シルヴィオがこんなときに何を言っているんだと言わんばかりにディートリヒに非難がましい目を向ける。

「念のための忠告だったのに～」

そう言ってディートリヒはおどけるように肩を竦《すく》めた。

冗談なのか本気なのか。こんなピリピリした空気が漂う中、そんなことを言えるディートリヒの神経がわからない。

シルヴィオははぁーっと深いため息を吐《つ》くと、私の方に視線を向けてくる。

「とりあえずミナ、今持っているミサンガを見せてもらってもいいか?」

「あ、はい」

突然話を振られた私はハッとする。

慌《あわ》ててバッグの中から持ってきたミサンガを取り出すと、テーブルの上に並べた。

第五話　アインスバッハの最前線

「今、とりあえずあるのはこれだけなんですけど……」

私が今持っているのはギルドに納品しようと思っていた通常の『回復　小』のミサンガだ。作る上で効果の規格を揃えられ、汎用性《はんようせい》が高く、さらにある程度お手軽な価格設定にできるということからギルドの売店にはこのミサンガを中心に納品している。

そのミサンガは偵察隊の全員がすでに所持している。しかもマリウスとシルヴィオに至っては、より性能のいいものを特注で作ってさえいた。

持ってきたのはいいが、今更このくらいのミサンガが必要なんだろうか。

「今はいいけど、これからを考えると回復の手段を確保しておきたいんだ。もうすでにポーションは価格の高騰《こうとう》がはじまっている」

「おそらくそれはダンジョンが落ち着くまでは続くだろうね」

ハーラルトの言葉にディートリヒが補足するように続けた。

「ダンジョンを攻略するために、ここにいる偵察隊は重要な役割を担うことになる。申し訳ないが他の冒険者よりも偵察隊を優遇せざるを得ない。だからこそ、ギルドが支援をしてでもミナのミサンガという回復の手段を確保しなければならないんだ。冒険者はたしかに自由な職ではある。でもこの町の冒険者ギルドという立場上、町を防衛するためには尽力しなければならない。ギルドからの直接依頼をしてもらう以上、必要物資としてミサンガは重要なアイテムなんだ」

切々と訴えるハーラルトの言葉に、私は身が引き締まる思いだった。

正直、私は今でもダンジョンという存在をまだリアルに想像できていないんだと思う。ほんの少し町の外に出たことはあったが、私は安全な塀の内側にいる。

ぼんやりとした危機感しか持てていないのだ。

冒険者ギルドがミサンガをこんなに評価して、必要としてくれている。

嬉しい反面、責任の重さがのしかかる。

「もちろん今価格が高騰しはじめているポーションも偵察隊には提供するが、ミサンガとうまく併用するようにしてほしい。今のところ偵察隊の君たちがアインスバッハのダンジョン最前線だ。攻略をする前により多くの情報を集めるために〝偵察隊〟としているから、なるべく無駄《むだ》な戦闘は避けてほしい。だが、まったく戦わないということは無理だろう。ダンジョンや町の外の様子が激変した今、なるべく効率的に偵察を行ってほしい」

ハーラルトの説明に私は納得した。

いわばこの偵察隊は冒険者ギルドの肝《きも》いりだ。ダンジョンを攻略する前段階の重要な依頼で、それによってアインスバッハ全体の方針が決まってくる。

その偵察隊をサポートする手段は何重にも用意しておきたいということだろう。

「まあ、できるだけそれに沿うようにはするが、何があるかわからない以上、備えは必要だ」

ハーラルトの説明に、それまで黙っていたシルヴィオが言った。

「そのためのミサンガだろう？」

シルヴィオの核心をついた言葉にハーラルトが頷く。

「そういうことだね」

「わかりました。今はこのミサンガしかないですが、希望があればもっと性能のいいものも用意できるので言ってください」

今のところ作れる最高品質のミサンガは、マリウスが付けている『回復　小＋』。ただ、シルヴィオから特注で依頼があったように、素材があれば『中』以上の効果が付与できるミサンガを作ることも可能だろう。

偵察隊やギルド側が、汎用性が高くすぐ作れる『回復　小』のミサンガを大量にと考えるか、それともより高い効果のものを特注で作るようにと考えるかは今後の動向次第なのかもしれない。

私もいろいろ考えておいた方が良さそうだね……。

それにミサンガだけじゃなく、他の装備についても力になれることがあれば協力したい。

偵察隊の五人は、みんな私の顔なじみだ。

不要な戦闘は避けるとはいえ、未知のダンジョンに挑《いど》むのだ。何があるかわからない。

できれば全員ケガもせず、無事に帰ってきてほしい。

そのために、ミサンガが必要なのであれば快《こころよ》く提供したいと思っている。

「じゃあ、ひとまず今ある分のミサンガは買い取らせてもらうね」

「はい」

ハーラルトはすぐ手続きに入った。この部屋にも冒険者カードに情報を書き込むためのツールがあるらしく、私が自分の冒険者カードを彼に差し出すとあっという間に手続きが終わった。

「これでよし。……それでは偵察隊のみんなには、これからさっそく行動をしてもらうわけだが、その前に今わかっている情報をすり合わせながら、計画を詰めよう。こっちに集まってくれるかい？」

そう言いながらハーラルトはテーブルの上に紙を広げる。見たところによると、アインスバッハの周辺地図らしい。

すでにいくつか書き込みがされているが、私が見てもどこがどうなのかわからない。

この先は冒険者たちの詳細な打ち合わせになるんだろう。

小さな疎外感はあるが、そこは仕方ない。

座っていた椅子《いす》から立ち上がり、偵察隊の五人はハーラルトの周りに集まる。

一番情報を持っているシルヴィオを中心として、ディートリヒも時折言葉を挟《はさ》みながら情報が共有されていく。

マリウス、ティアナ、イリーネの三人は、真剣な面持ちで地図を見ながら情報を頭に刻み込んでいるようだった。

その様子をぼーっと見ていると、不意に私の隣の椅子が引かれた。

見るとアロイスがそこに座るところだった。

「不安そうだが大丈夫か？　ミナ」

「アロイスさん……。不安、もありますがなんかダンジョンがあるっていうのが想像できなくて……」

「まあ、そうだろうな。私もダンジョンをまだ直接見ていないから、できれば信じたくないという気持ちもある。ただ、現状はそうも言っていられないからな。できるだけのことはやらねばならん」

「はい、それはわかります」

私がしっかりと頷くのを見て、アロイスは優しさがこもった表情をした。

「私とミナは偵察隊のサポートをすることになると思う。今後、シルヴィオに作ったような『毒回復』くらいの品質が求められる可能性もあるだろう。ミナ自身の仕事もあると思うが、できるだけ協力してくれるか？」

「それはもちろんです！　みんなにケガをしてほしくないですから……」

「ああ、そうだな」

今は引退してしまったけど、アロイスは元ギルドマスター。冒険者たちのことを心配する気持ちはまだ強く持っているのだろう。

表情にはあまり出ないけれど、五人の方に向けるアロイスの目には、私以上に偵察隊を憂《うれ》う気持ちが浮かんでいるような気がした。

第六話　見送りと私にできること

「ではくれぐれも気をつけて」

ハーラルトの言葉に偵察隊の五人が頷く。打ち合わせを済ませて、装備も万全に整えた五人はこれからさっそく調査に向かう。

私とアロイス、そしてハーラルトはギルドの前で五人を見送る。

「シルヴィオ、頼んだ」

「ああ」

パーティーをまとめるのはシルヴィオだ。ディートリヒがそれを補佐する立場になる。

これまでシルヴィオがしてきた調査に基づいて、まずは偵察をするらしい。

「行くぞ」

シルヴィオの言葉でほかの四人も動き出す。

私がマリウスに視線を向けると、真剣な顔ながら少し口元に笑みを浮かべた表情をこちらに向けてくる。

「……いってらっしゃい！」

思わず偵察隊の五人に声をかける。安易な考えだけど、「いってきます」という言葉は「ただいま」とセットだ。その言葉が聞けたらと、私は考えるよりも先に口に出していた。

すると、みんな足を止めてこちらを振り向いてくれる。

「うん、いってきまーす！」

ティアナが元気よく答えてくれた。

「いってきます」

イリーネも口角を少しあげて言った。

「ミナちゃん、いってくるね〜」

ディートリヒはわざとらしい笑顔《えがお》だ。

そのさらに遠くにいるシルヴィオは、言葉はないもののこちらに視線を向けてくれる。

そして、最後にマリウスが——

「いってきます！」

片手を挙げ、にかっとした笑みで言った。

そして、五人はダンジョンの偵察に出発した。

私は彼らの後ろ姿が見えなくなるまでその場で見送った。

ギルドから自宅に戻る途中、私は糸のお店に立ち寄ることにした。そこでたくさんの糸を買い込む。ついでにいくつかの手芸関係のお店にも寄って、布やボタンなどの雑貨小物も大量に購入した。

日用品と違い、今は手芸関係のものの在庫はある。しかし、これから先はどうなるかわからない。

おそらくダンジョンの影響で流通がこれまで通りとはいかなくなるだろう。

なにしろポーションはすでに品薄状態だ。日用品もこれから徐々に少なくなっていくだろう。

思うに、自然災害が起きた後の人々の動きとよく似ている。

緊急に使うものや毎日使うものからなくなっていき、長期間になると日頃は使う頻度《ひんど》が少ないものもなくなっていく。

どうなるかは偵察隊の調査結果次第だけど、なんの影響もないということはないはずだ。

日々の生活に忍び寄る不穏《ふおん》は、なにも魔物だけじゃない。

ダンジョンに一番近いこのアインスバッハの町は、いろんな意味で影響を受ける。ダンジョンの恩恵は確かにあるかもしれない。

しかし、ダンジョン発生から外郭《がいかく》攻略までの期間はむしろパニックと混乱の時間だ。これまでスムーズだった物流が滞《とどこお》り、生活物資が不足する。

さらに人口の流出。特に自身の危機に敏感な冒険者の移動は迅速だ。自由業であるため、命あっての物種《ものだね》。強い魔物はリターンも大きいが、その分当然リスクがある。

自分の力量を見極めて安全を考えるのは正しい。だからこそ冒険者が我先にとアインスバッハの町から出ていくのを止めることはできない。

現に今日も朝一で町を出る冒険者が大挙している。

そうするとただでさえ魔物の脅威《きょうい》にさらされているアインスバッハの町は、手薄になっていく。物資も少ない上に、人的な守りも薄い。

そうなると負の連鎖だ。

そういう意味でもダンジョンは厄災《やくさい》だった。

でも、その中にあっても、ダンジョンをどうにかしようと動いている人たちがいる。ダンジョンができたからといって、町から移動することなく、住み続けようとしている人もいる。

私はその人たちのことを知っている。

ダンジョンができる前から、そしてできたことがわかってから、いち早く動き対処しようとしている。彼らだって、ほかの冒険者のように町を出ることは自由なはずだ。

しかし、そうしようとしない。

未知のものに相対するのは誰だって怖い。けれど、冒険者ギルドを出発していった偵察隊の五人はその恐怖心を見せることはなかった。

むしろ私の方が心配で仕方ない。

……冒険者でもない私が心配するのはおこがましいかもしれないけど。

危険な場所に向かっていく彼らの背中は頼もしい。

けれど、彼らだって怪我をすることはある。消耗もする。悔しくも敗走することだってあるだろう。

そのサポートをするため、私にできること。

私の特技は服を作ることだけ。

戦闘能力はほぼゼロだから、そっちは頼もしい冒険者に任せて、私はとにかく彼らのためになるものを作る。

できることが限られているから、シンプルにやれることをやる。

というかそれしかできないし！

「うん、やるぞー！」


『こちらの準備も整っております』


「うわっ！　びっくりした～」

突然頭の中に響いた声に私はビクッと肩を揺らす。

この声は、私の特殊スキル『製作者の贈り物《クリエイターズギフト》』だ。はじめは手探りで付与していた効果だったが、いつしか『製作者の贈り物《クリエイターズギフト》』がしゃべるようになった。

何事かと思ったけど、効果の付与率だったり、付与できる効果が何かを事前に教えてくれたりするのはとても便利だ。

「これから新しい効果も必要になるかもしれないし、あなたもよろしくね『製作者の贈り物《クリエイターズギフト》』！」

『おまかせください』


はじめはとても機械的だった受け答えが、最近はだんだん人間っぽくなってきた気がする。

私の脳内に響く声だけしか聞こえないから実体があるわけじゃないけど、話す感じからそう思う。

スキルを使わないと寂《さび》しそうだったりして。そんなときはちょっと可愛《かわい》いんだよね……。

『製作者の贈り物《クリエイターズギフト》』の進化もあって、私のできることも少しずつ増えてきている気がする。

冒険者専用の服を作るというのはまだまだで、マリウス、ティアナ、イリーネの服しかまだ作れていない。服の製作には時間がかかるというのもあるし、オーダー式という関係もある。

こちらの世界ではスキルは使うほど、進化していくという。

私の『製作者の贈り物《クリエイターズギフト》』も音声がついた。

だったらもっともっと進化していく可能性がある。

今は付与できない強い効果も付与できるようになるかもしれない。

戦えはしないけど、冒険者の戦う服は作れる。

私にできること。

今はただそれをやるのみだ。

第七話　昼食と小さな決意

手芸用の材料をたくさん買い込んで、『ドラッヘンクライト』に戻るともうお昼だった。

一度荷物をお店においてから、私は再び外に出る。

歩いて数分。すっかり通い慣れた宿屋アンゼルマのドアをくぐった。

「こんにちはー」

「いらっしゃい、ミナ」

「ミナお姉ちゃん！」

ちょうどお昼の準備をしていたのか、アンゼルマとエルナがテーブルの上にカトラリーを並べていた。

「エルナに届けさせようかと思ったんだけど、ちょうど良かった」

「お姉ちゃん、こっちに座って」

エルナが自分の隣の椅子を引いて私を呼んでくれる。最近はあまり宿屋アンゼルマでお昼を取ることはなかったが、以前宿泊していた時は毎日ここでお昼を取っていた。その時の定位置だ。

「今日はプレッツェルだ」

そう言って料理の載ったお皿を持ってやってきたのは宿の主人であるローマンだ。

「わぁ！　おいしそう」

彼がテーブルに置いたお皿には、食べ応《ごた》えのありそうなサイズのプレッツェル。元の世界でプレッツェルといえばハート型だったが、ローマンの作るプレッツェルはコッペパンのような棒状だ。

だからなのか、外はカリッとしているけど、中はもっちりとしていて、とてもおいしいのだ。

付け合わせはジャーマンポテト。ベーコンが入っていて、こちらもおいしそうだ。

私を含め、全員席に着くと食べ始める。

私はさっそくプレッツェルを手に取り、そのまま齧《かじ》りつく。

塩っ気のあるカリッとした食感がたまらない。

「そういえば、今日はギルドに行くって言ってたがそっちは終わったのかい？」

アンゼルマが質問をしてくる。

昨日、マリウスと夕食を食べていた時、偵察隊の件とギルドにミサンガの件で来てほしいと言われていたことが、アンゼルマは気になっていたようだ。

「はい。朝行ってきてミサンガも納品して、偵察隊を見送ってきました」

「そうなのかい。たいしたことがなければいいんだけど……」

アンゼルマは表情を曇らせる。

ダンジョンのことはアインスバッハの町に住む全員が気にしている事柄だ。今後の生活がどうなるのか、ダンジョンの状況次第で変わってくる。

現時点でも、宿屋アンゼルマは宿泊客がゼロになるという事態に陥《おちい》っている。

今後のことがわからない以上、自分たちの生活を優先して考えたらそれでもいいかもしれない。

しかし、宿泊客がいないということは収入もゼロ。

長期的なことを考えたらこのままでいいとは考えていないだろう。

「偵察隊の人たちが頑張ってくれてますから、大丈夫ですよ！」

私はアンゼルマを励《はげ》ますように言った。

あの五人なら大丈夫。

そう信じている。

正直、私なんかが言うまでもなく、みんなすごい冒険者たちだ。

「そうだね。たとえどんなことがあっても私たちはアインスバッハで生きていくつもりだし！」

アンゼルマが言うと、ローマンが彼女の肩をぽんと叩《たた》く。

「……この町を出ていこうとかは考えなかったんですか？」

ふと私はそのことが気になった。

身軽な冒険者は続々と町を出たが、この町に住んでいる人で出て行こうとする人の話は聞かないなと思った。私が知らないだけで、もしかしたらそういう人もいるのかもしれない。

「うーん、その考えはないね。ローマンは元冒険者だけど私もエルナもいるから、町を出るにしても危険がある。それにこの宿があるからそう簡単に違う町へとはいかないだろう？」

「そうですよね」

「それを言うならミナだってそうだろう？」

「まあ、私もドラッヘンクライトがありますし、できればみんなのサポートをしたいので、町から出るって考えはないですね」

　私の場合、ダンジョンの恐ろしさがわからないから、のほほんとしていられるのかもしれない。もし違う町に行ったとして、そこで生活できるのかわからない。その不安の方が、ダンジョンなんかよりも怖い。

「そのうちダンジョン目当ての冒険者が来る」

　低い声でそう言ったのはローマンだった。無口な彼がしゃべることはあまりないので、私はびっくりした。

「それもそうだね。アインスバッハにいた新人冒険者は無理でも、ダンジョンの噂を聞きつけて一《いっ》攫千金《かくせんきん》を狙《ねら》う冒険者がたくさん来るよ」

　アンゼルマも同意するように言う。

「そういうものなんですか？」

「新しいダンジョンは冒険者にとって狙い目だからな」

「危険は多いけど、魔物の数も多くてアイテムもたんまりもらえるからね。商人たちも積極的に取引するだろうし、中堅以上の冒険者にとっては一気に稼《かせ》ぐチャンスだろうよ」

「なるほど」

魔物が多いことは冒険者にとっては悪いことじゃないのか。

「まあ、それもダンジョン次第だから、必ずしもそうとは限らないけどね」

すべてはダンジョンにいる魔物によるのだろう。

「もし宿にお客さんが来なくても、エルナが服を作れるようになって稼ぐよ！」

突然エルナが言った。

これまでの話を聞いてエルナなりに考えたのだろう。決意に満ちた真剣な顔をしている。

「それは頼もしいね。頑張るんだよ、エルナ」

「うん！」

アンゼルマは笑顔でエルナの頭を撫《な》でる。ローマンも心なしか頬を緩《ゆる》ませていた。

助け合う家族の絆《きずな》に私も心が温かくなる。

まだ八歳だけど、家族を養えるくらいになりたいと思うエルナの気概《きがい》は本物だ。指導しているからこそ、いつも真剣に取り組んでいるエルナを私は知っている。

それに私も応えたいと思う。

「じゃあ、午後から頑張《がんば》ろうね、エルナ」

「はい！」

私の言葉に元気よく返事をしたエルナは、食べかけだったプレッツェルに齧りつく。

腹が減っては戦《いくさ》ができぬと思っているのか、エルナはむしゃむしゃと食欲旺盛《おうせい》に食べ進めている。

そんなエルナをどう育てていけばいいのか。正直なところ、私も手探り状態だ。

ミサンガの量産もしなければならないし、それだけじゃなく自分なりに冒険者たちをサポートできるものを作り出していきたい。

そう考えるとやることは山積みだ。

そのためには私もまず腹ごしらえをしないと！

エルナを見習い、私も途中だった昼食を食べ進める。

食べる勢いが良くなった私とエルナの師弟コンビを、アンゼルマとローマンは微笑ましく見守っていた。

第八話　ダンジョン偵察

冒険者ギルドでミナに「いってらっしゃい」と見送られた俺たち偵察隊が向かったのは、アインスバッハの南門。町にある二つの門のうち、ダンジョンがある方面の門だ。

冒険者ギルドからはほど近い。

到着した南門の前は閑散としていた。いつもは出入りする行商人や冒険者たちで賑《にぎ》わっているのだが、明らかにダンジョンの影響だろう。

普段は開けたままの門も閉まっていた。

俺たちは門の前にいる門兵に近づく。

「通りたいんだが、いいか？」

シルヴィオがそう声をかけると、門兵は困ったような顔をした。

「この門の外のすぐ近くで魔物がうろついてますけど……」

出入りの人がいないだけでなく、魔物が近くにいるから門を閉ざしていたようだ。

「僕ら、ダンジョンの偵察パーティーだから大丈夫」

ディートリヒがシルヴィオの後ろから顔を出して言うと、門兵は彼の顔を見てぎょっとした。

「ディートリヒ様⁉」

門兵は領主が雇っている兵隊だ。領主のお抱え魔法使いであるディートリヒは上司にあたるのだろう。

二人の門兵は途端《とたん》にピシッと姿勢を正し、敬礼した。

「いつもお疲れ様。ちなみにすぐ外の魔物の種類は？」

「スライムとニードルワームです。ただ、数が非常に多いです」

ディートリヒの言葉に、門兵は簡潔に答える。

スライムもニードルワームも討伐すること自体は子供でもできる弱い魔物だ。ただ、数が多いとなるとやっかいではある。

「なるほど。そのくらいなら大丈夫でしょう」

「ああ。とりあえず外に出ないことにはどうしようもないしな」

ディートリヒにシルヴィオが同意する。

「わかりました。お戻りの際には、門を五回叩いていただけたら開けますので」

「五回ね。了解」

門兵の言葉に、俺たちは頷く。

そして、門が開いたらすぐ出られる位置に移動する。

冒険者ギルドで軽く打ち合わせをした時に決めた並びになる。

先頭はシルヴィオ、その次に俺。イリーネとティアナが続き、殿《しんがり》がディートリヒだ。

偵察なので、なるべく戦闘は避ける方向で進むらしいが、万が一戦闘になったらこのフォーメーションが一番効率良く戦えるのだ。

シルヴィオの後ろとはいえ、俺も前衛として戦わなければならない。

五人のパーティーははじめてなので、連携がうまくとれるか少し不安ではある。

緊張で速くなる鼓動を深呼吸して落ち着かせる。

先頭のシルヴィオが後ろを振り向いて、俺たちの顔を見た。

「準備はいいか？」

俺は頷いて、いつでも抜けるように腰に差してあるショートソードに手をかけた。

「開けてくれ」

シルヴィオの言葉に門兵は閂《かんぬき》を外し、閉ざされていた門を開けた。

その瞬間、門に張り付いていたらしいスライムが上から落ちてきた。

しかし、それはすぐにシルヴィオの剣の一閃《いっせん》によって退治された。

素早く門をくぐっていくシルヴィオに続いて俺も外に出る。

門兵の言葉通り、門の外には見たことがないほどのスライムの大群がいた。

足を取られると困るので、足下にいるスライムをショートソードで払うように倒していく。

門の前にいるスライムを一蹴《いっしゅう》して、全員が外に出た。

「皆様、くれぐれもお気をつけて」

そう言って、門兵はスライムが入ってくる前に扉を閉める。その向こうで門を再びはめる音がして、門は閉ざされた。

「では、いくぞ」

シルヴィオの合図で俺たちは駆けだした。

数ばかりいるスライムに構っていては先に進めない。邪魔《じゃま》なスライムは走りながら払って、先に進む。

シルヴィオから離れないようにしながらも、俺は周囲を警戒する。

後ろからは三つの足音が聞こえてくるので、後続も付いてきているのがわかる。

スライムとニードルワームの大群を抜けると、ホーンラット、ホーンラビットがちらほらと見える。

ホーンラットもホーンラビットも比較的弱い魔物だが、いつもならこんなに数がいない上に、生息地はもっと町から離れた場所だ。

スライムやニードルワームと違い、それらは襲いかかってくるため、倒していかなきゃいけないのがなかなかに手間だ。

五人もいるのでそれぞれ手分けをすればそれほど時間もかからないが、そのたびに足を止めざるを得ない。

ダンジョンまではそう遠くないはずなのに、まだ半分も進んでいなかった。

草むらから飛び出してきたホーンラビットをティアナが一撃する。普段は弓を使うティアナだが数が多いため、今日は大きめのナイフで仕留めている。

「もう！　しつこい！」

殿にいるディートリヒは、前衛があらかた対処するとはいえ、それでも討ち漏らしがあるためそれに対処しなければならない。

「数が多いとねぇ……」

「よっ」と軽いかけ声と共にディートリヒは杖《つえ》を振る。すると、ホーンラットの首がスッパリと切れた。

あれが魔法なのか……。

ディートリヒが戦うところをはじめて見た。魔法使いにこれまで会ったことがなかったので、魔法とはどういうものかよくわからなかったが、刃もついてないおそらく木製だろう杖を振っただけで魔物が切れたところを見ると、なにかの魔法を使っているのだと思う。

いろいろと気になるが、今は話している時間はないので、とにかくシルヴィオの後を追う。

草原の中にある大きな岩のところでシルヴィオは足を止めた。

シルヴィオの背丈ほどある岩陰に隠れるようにして全員が集まる。ここで一度止まるのは打ち合わせ通りだった。

いよいよこの先にダンジョンがある。

上がった息を整え、ショートソードに付いた血脂を拭《ぬぐ》う。今のところどこも怪我をしていないので、ポーションを飲む必要もない。

多少の傷はミナのミサンガがあるので心配はないが。

全員、装備を確認しなおすと、シルヴィオに視線を向ける。

彼は岩から少し顔を出し、前方の様子を窺《うかが》っている。

「ちっ、やっかいなことにサンドジャッカルだ」

舌打ちと共に呟いたのは、俺にとって因縁《いんねん》のある魔物だった。

ミナを逃がして、単独で戦ったサンドジャッカル。あの時はシルヴィオが助けに来てくれなかったらどうなっていたかわからない。

でも、あの時よりは強くなっているはずだ。

「シルヴィオ、数は?」

「見えているのは十だが、ボスが見当たらないからもっといるだろう」

サンドジャッカルは群れで行動する魔物だ。

必ず他の個体より一回り大きいボスがいて、群れを統制しているのだ。

以前俺とミナが遭遇《そうぐう》したのは群れからはぐれた奴らだった。ボスがいるサンドジャッカルは、あの時戦ったものよりもさらに手強《てごわ》いとあとからシルヴィオに聞いた。

でも、もう後《おく》れは取らない。

「一匹にでも気付かれたら、すぐ他を呼ばれる。戦闘になる可能性が高いからその準備をしておけ」

シルヴィオは警戒するように全員に言った。

それに頷くと、シルヴィオは「じゃあ、これからダンジョンまで一気に近づく」と言って、素早く岩から飛び出した。

俺もそれに続く。

なるべく足音を立てないよう慎重に動く。所々ある岩に隠れながら進んでいく。

しかし、やはりサンドジャッカルには気付かれた。

匂いに敏感な魔物だから距離が近づくとそれだけで察知されてしまう。

いち早く気付いた一匹が遠吠《とおぼ》えする。

すると、離れていたサンドジャッカルがあっという間に集まってくる。

「行くぞ！　ディート、ボスは任せる」

「了解」

シルヴィオは一気に駆け出すと、まだこっちに気付いていない一匹を後ろから切りつける。

一撃で倒してしまったその手腕はさすがだ。

俺もシルヴィオに続く。

シルヴィオの攻撃でこちらに気付き、飛びかかろうとしてくるサンドジャッカルを躱《かわ》しながら、その首をショートソードで切る。

急所にうまく入ったことで、サンドジャッカルは討伐証である尾だけを残して消えた。

サンドジャッカルに囲まれつつも、群れの数を確実に減らしていく。

それでも、元の群れの数が多いのだろう。まだざっと三十匹はいるようだ。

ただ、数が減ったことで、ボスの姿が確認できた。

俺たち五人を取り囲んでいる群れの一番奥にいる一回り大きい個体。

サンドジャッカルは灰色にところどころ黒が混じった毛色なのだが、ボスは通常の個体より黒い毛が多い。

そのため、一目でボスだとわかった。

サンドジャッカルをはじめ、群れを作る魔物はいろいろといるが、そういった魔物を討伐するためにはまずボスを倒すことだ。そうすると他の個体は統制がとれなくなって瓦解《がかい》する。

……しかし、そのボスを倒すというのが難しいのだ。

何しろ群れに守られるように奥にいるから、ある程度数を減らさないとボスまでたどり着かない。

もしたどり着いたとしても、ボスだけあって他の個体の数倍強い。

セオリーとしてはわかっていても、それをできるかは別の話である。

しかし、このパーティーでは違った。

ボスが目視できた瞬間、シルヴィオとディートリヒが視線を合わせる。

すると、ディートリヒが杖を掲げて集中する。

何かをしようとしているのだろう。戦闘になる前にシルヴィオが「ディート、ボスは任せる」と言っていたので、そのための準備だと予想する。

俺は無防備になるディートリヒを守るため、彼にサンドジャッカルが近づかないようにする。

それを察したのだろう。ティアナは弓でけん制し、イリーネは槍《やり》の長い間合いを保つようにして、ディートリヒの近くにサンドジャッカルが近づかないようにしていた。

次の瞬間、ディートリヒが杖をボスに向かって振る。

目には見えないけど、何かの塊《かたまり》が飛んでいくような気配がして、それがボスの周囲を覆《おお》った。

すると、これまでしきりに威嚇《いかく》するように吠えていたボスがピタリと止まる。

それに同調するように他のサンドジャッカルの威勢が弱まった。

突然起こった異変に俺が一瞬呆気《あっけ》に取られていると、ボスに向かって一直線に駆け出す人がいた。

シルヴィオだった。

あっという間に肉薄すると、彼はボスに向かって剣を振り下ろす。

断末魔《だんまつま》の叫びもなく、一瞬でボスは倒された。

それからは、ボスがいなくなり惑うサンドジャッカルの掃討《そうとう》だ。

連携は崩れ、明らかに動きが鈍《にぶ》くなったサンドジャッカルを倒していくのはそう難しいことではなかった。

数はそれなりにいたものの、こちらも五人いる。

そう時間はかからず、周囲は静かになった。

「終了だな」

「はー、疲れた」

シルヴィオが剣を収めながら言うと、ディートリヒはがくりと脱力した。

俺もホッと息を吐く。

五人パーティーでのはじめての戦闘だけど、うまくやれて安心した。いつもは周りの警戒はしていても、ソロで狩りをするので他の人と連携をとることを考えて動くことはない。

シルヴィオと二人で依頼に出かけたことは何度かあったけど、シルヴィオとは実力が違いすぎて連携をとるレベルにまでは達していなかった。そもそも、ダンジョンができる前のアインスバッハの周辺にいる魔物のレベルは、シルヴィオには簡単すぎた。

俺が強くなるために魔物の討伐はほぼ俺に任せてくれていたこともある。

だから、パーティーとしての戦闘は、実質これがはじめてだったのだ。

俺自身の印象だけど、誰かの邪魔になることなく、パーティーの戦闘に貢献できたんじゃないだろうか。

……とはいえ、サンドジャッカルのボスを倒す重要な部分は、シルヴィオとディートリヒが担っていたので、そのサポートという部分が大きいけれど。

規模の大きい戦闘が終わって、俺は気を緩めていると、シルヴィオが「おい」と声をかけてくる。

「一つ戦闘が終わったからといって油断するな。討伐証を拾って先に進むぞ」

その言葉に、ハッとする。

今日の目的はダンジョンの偵察。

今のはあくまで偵察のためにやむを得ず避けられない戦闘をしたまでのことだ。

俺は気持ちを切り替える。周囲に散らばったサンドジャッカルの討伐証である、サンドジャッカルの尾を拾っていく。

数が数だけあって、俺の鞄《かばん》はいっぱいになった。

「よし、じゃあ進むぞ」

シルヴィオの言葉に頷いて、隊列を組む。

このあたりは先ほどのサンドジャッカルの群れの縄張りだったのだろう。それからは小物の魔物以外遭遇することなくダンジョンの入口が見えるところまでたどり着いた。

数十メートル先。

地面が大きくひび割れ、穴が開いていた。

そこは数日前まではただの草原だった場所だ。

「あれだな」

シルヴィオが俺に向かって確認するように言った。

「あれです」

地面が大きく揺れた日。

たまたまこの近くにいた俺は揺れと共に地面がひび割れるのを見た。

そしてそこから魔物が這《は》い出てくるように地表に姿を現したのだ。

あの瞬間はぞっとした。

はじめて見る光景だけど、ただ事ではないと思った。

「明らかにダンジョンだな」

シルヴィオは断定した。

ダンジョンがあるという前提で組まれた偵察隊だけど、実際のところ俺以外この穴を見た冒険者はいない。

ただ、シルヴィオが最近のアインスバッハ周辺の異変を調査していて、そこからダンジョンの可能性が高いと推測したのだ。

しかし、シルヴィオが実際に見てダンジョンだと言った。

ディートリヒも「やっぱりかぁ」と呟いている。

ダンジョンができたという前提で同行していた俺とティアナ、イリーネは、二人の言葉に息を呑んだ。

これがダンジョンか。

地面の裂け目から見える穴は暗く底が見えない。

その先は魔物の巣窟《そうくつ》なのだと思うとお腹《なか》の奥がひんやりとしてきた。

「もう少し近づいて――」

シルヴィオが言いかけたその時。

ダンジョンの穴から低い羽音と共に何かが出てきた。

「……っ！　よりにもよってポイズンビーか……！」

シルヴィオが苦虫《にがむし》を噛《か》み潰《つぶ》したような顔で呟く。

黒と黄色の縞々《しましま》の体に四枚の羽。ブゥン、と低い羽音を響かせて宙を飛ぶそれはポイズンビーと言われる蜂の魔物だった。

第九話　偵察隊の帰還

エルナに新しい服の作り方を教えつつ、ミサンガの量産に励んでいると、玄関の方から騒がしい声が聞こえてくる。

何かと思って私が見に行ってみると、ドアが開いた。

「ただいまー！」

そう言って、顔を出したのはティアナだった。

「おかえり……？」

「ただいま」と言われたので私は戸惑いつつ返すと、ティアナはちょっとだけムッとした顔になる。

「ミナがいってらっしゃいって言ったんでしょ。だからただいま！」

「ああ、そっか」

偵察隊を見送る際に、みんなに「いってらっしゃい」と言った。それに対しての言葉だったらしい。

「ただいま」

ティアナに続いてイリーネがそう言って、入ってくる。

それに「おかえりー」と返しながら、私は、ん？　と首を傾げた。

当たり前のように入ってきたけど、ええ……？

二人は応接室の方へと進んでいく。

その疑問を解消してくれたのは、慌てて駆け込んできたマリウスだった。

「悪いミナ、偵察隊のことで打ち合わせすることになってさ、ギルドだといろんな人の目があるからちょっとまずくて……」

「う、うん」

「ここでやってもいいか？」

「今お客さんいないからそれは構わないけど……」

うちで偵察隊の打ち合わせをしたいということらしい。今お客さんはいないから問題はない。

「私とエルナがいるけど、それでいいなら全然使って大丈夫だよ」

「ありがとう。……あ、ただいま！」

私の了承の言葉にホッとしたマリウスは、思い出したように言った。

「おかえり」

マリウスの後からシルヴィオとディートリヒがやってくる。

「ミナ、悪いな」

「いえいえ、どうぞ。二人ともおかえりなさい」

「ただいま～ミナちゃん！」

シルヴィオは私の「おかえり」に頷いただけだが、ディートリヒはニコニコした顔で応える。

「僕、ギルド嫌いだから場所貸してくれてありがとうね」

ディートリヒの言葉に私は苦笑する。

アロイスと仲が悪いらしいということは聞いていたけど、そもそも冒険者ギルドが嫌いなのか。

冒険者のことが嫌いなわけではないようだし、仕事であれば冒険者ギルドにもちゃんと行くみたいだから、打ち合わせくらいならうちでして構わない。

偵察隊の動向は、この町の人がみんな注目していると思うから、冒険者ギルドでは周囲の目があってやりづらいこともあるだろう。

私も状況が気になるから、打ち合わせをこっそり聞かせてもらおう。

五人は応接間に集まると、ソファに座る。

ただ、応接間にあるソファは二人掛けのものが一つと、一人掛けのものが二つ。全員座るには一つ足りないため、アロイスが引っ越し祝いにと持ってきて窓際に置いてある椅子をソファの側に移動させている。

その椅子にはディートリヒが座ったが、彼は普段アロイスがその椅子によく座っていることを知らないらしい。

仲の悪いアロイスの特等席だって言ったらどういう反応をするんだろう……。

ちょっと気になるけど、今は黙っておくことにする。

私は作業場でもある食堂に向かう。

エルナもぞろぞろとやってきた冒険者五人が気になっているようで、作業の手を止めて応接間の方に視線を向けている。

「あっちで偵察隊の打ち合わせするんだって」

「帰ってきたんだね！」

エルナもマリウスやシルヴィオがダンジョンの偵察に行ったことは知っている。無事に戻ってきたことに嬉しそうな顔をする。

私は全員分のカッフェーを準備するべくキッチンへ向かう。

薪《まき》を燃やして使うコンロは、まだ熾火《おきび》が残っていたのでそこに薪を足して、火力を上げる。そして、水を張った鍋《なべ》をコンロの上に置いた。

あとはいつも通りに淹《い》れたら、応接間にいる五人のところに持っていく。

「カッフェーです、どうぞ」

「わぁ、ミナありがとうー！」

話を中断させてしまったが、ティアナがカッフェーを配る手伝いをしてくれる。

全員に配り終えると、私は「食堂にいるので、何かあったら声をかけてください」と言ってその場から離れた。

ミサンガの製作を再開しようとしていると、応接間の方から声が漏れ聞こえてくる。

どうやらダンジョンの入口はやっかいな魔物の巣になっているようで、それをどうにかしないとダンジョン内部の偵察は難しいらしい。

その魔物を倒すには道具や薬の準備が必要らしい。その準備には時間がかかるので、それまではダンジョン周辺をより詳しく調べることにするらしい。

話し合いは基本的にシルヴィオとディートリヒが主導して、他の三人は指示に頷いている。冒険者の経験やランクから自然とそうなるのだろう。

シルヴィオはあまり口数が多くないので、ディートリヒがうまく補っていた。

問題なく話は進み、しばらくするとシルヴィオの声で「ミナ、ちょっといいか」と聞こえてきた。

応接間に顔を出すと、二人がけのソファに座るティアナとイリーネが詰めてくれる。二人がけといっても余裕がある上に、女性が三人なら問題なく座れる。

私はありがたくそこにお邪魔した。

着席した私を待って、シルヴィオが話し出す。

「以前作ってもらった『毒回復』のミサンガって作れるか?」

「作れますよ。ただ、全員分となると月ツユクサの露が足りないですし、三色水晶もないので、素材があればの話なんですが……」

「それはこっちでなんとかする。手持ちがある俺を除いて四人分のミサンガの製作をお願いしたい」

先ほど、ダンジョンの入口にいる魔物が毒を持っていると聞こえてきたので、その対策のためだろう。

「わかりました」

「ギルドに請求するから、ミナちゃんふんだくってもいいからね」

ディートリヒがにやりとした表情で言う。

「いやいや、正規の金額を請求しますからね」

私は苦笑する。前回シルヴィオに依頼された時の値段を元に、ギルドに請求するつもりだ。

「他には私が作れるもので必要なものはありますか？」

「……今のところはないな」

シルヴィオがそう答えると、マリウスが「あっ」と声を上げる。

全員の視線が集まると、マリウスは焦《あせ》ったような顔をした。

「俺のは個人的なやつだから今じゃなくて……」

言ってから後で頼めばいいことに気付いたのだろう。マリウスが遠慮するように話をなかったことにしようとする。

しかし、シルヴィオがそれを止めた。

「もし偵察中に装備が壊れたり、アイテムを消費したりしたら、それも冒険者ギルドに請求する。どのくらい負担してもらえるかはわからないが、申告はするべきだ。言え」

シルヴィオのもっともな意見にマリウスは考え直したのか、「じゃあ」と切り出した。

「今日、たくさん討伐したのはいいんだけど、落ちたアイテムを鞄に入れたら紐《ひも》が切れそうになってさ」

そう言って、マリウスはいつも使っているボンサックを私に差し出した。

見ると肩にかけるベルトの根元部分が摩耗《まもう》して切れそうになっていた。

「このくらいなら手持ちの生地で補強できるよ」

「それなら良かった」

マリウスはホッとした顔をする。

フィールドワークに鞄は欠かせない。使えなくなったら新しいものを調達しなければならないが、使い慣れたものをそのまま使い続けられるのであればそれが一番だろう。

ただ今回補強してまだしばらく使えるとしても、マリウスの鞄が消耗してきているのは一目瞭然《いちもくりょうぜん》だ。

出会った頃から使い込まれていた風体《ふうてい》のボンサックは、さらにくたびれてきていて、すれているのもベルト部分だけじゃない。

毎日その鞄を背負って依頼をこなしてきたのだ。

アイテムや道具を入れ、マリウスが動くたびにその鞄が上下する。雨風や日光にさらされ続けていることも要因のひとつだろう。

服や武器は新しくなったけど、ボンサックだけは元のまま。私も気になっていたが後回しにしていた部分でもあった。

鞄も新しいものを考えておいた方がいいかもしれない。

すると、私の手元を覗《のぞ》き込んでいたティアナが「鞄って大事だよね」と切り出した。

第十話　鞄の容量と性能

「今日はとにかく討伐証がすごい数でさぁ。私の鞄もすごくパンパンだった！」

「サンドジャッカルの尾、かさばる……」

ティアナの言葉に頷きながら、イリーネがぼそりと呟く。

今日、偵察隊が遭遇したのはサンドジャッカルの大きな群れだったらしい。以前、私がマリウスと一緒に遭《あ》った五匹の群れとは規模が全然違うものだ。

熟達したシルヴィオとディートリヒがいる上で、五人のパーティーということもあり倒せたものの、そのあと落ちた討伐証を集めたところ、マリウス、ティアナ、イリーネの鞄はあっという間にいっぱいになってしまったらしい。

偵察時の収集物は、ダンジョン発生前と差異がないか比較するために、すべて冒険者ギルドで買い取りをするので、すでに鞄の中身はなくなっている。

でも話を聞く限り、鞄の容量ギリギリだったのだろう。

「今日はとりあえずいいけどさ、いよいよダンジョンの中に入ったら、今の鞄じゃ厳しいかなって思ったんだよね。ドロップアイテムを拾うこともそうだけど、何かあったときに備えて持参するアイテムの量も増えそうだし」

回復やダンジョン攻略に必要なアイテムを持ちつつ、討伐した魔物からのアイテムを入れていく。ダンジョンの攻略が進むにつれて鞄に入れるアイテムの種類も量も増えていくだろう。

「だからといって鞄を大きくすると今度は動く時に邪魔でしょう？　私の場合はただでさえ矢を持ち歩かなきゃいけないから、これ以上大きな鞄にするのは難しいんだよね……」

ティアナの武器は弓だ。弓本体の他に番《つが》える矢が必要で、いつも腰に矢筒を装備している。だから、槍を使うイリーネに比べて荷物が多いという印象が私にもあった。

イリーネはティアナの話を聞きながら、しきりにこくこく頷いている。

アイテムをたくさん入れたいけど、鞄を大きくはしたくない。

それは、鞄を持つどんな人も思っていることだろうけど、冒険者の彼らからしたらとてもシビアな問題だった。

ふとマリウスが何かに気付いたのか、シルヴィオとディートリヒに視線を向ける。

「シルヴィオさんとディートリヒさんは鞄小さいですよね。そんなに小さくて必要なものとかちゃんと入ります？」

その言葉に、私も二人を見る。

シルヴィオは腰のベルトにポーチのようなものをつけている。ディートリヒもローブの下に隠れてはいるが腰に同じようなサイズのものをつけていた。

思えばシルヴィオとディートリヒの二人は、マリウスたちに比べて荷物が本当に少なく見える。

ベテランの冒険者だから、新人や中堅に比べて回復アイテムを多く必要としないのかとも思ったけど、ベテランだからこそそういう類《たぐ》いの備えはしっかりしてそうだ。

じゃあ、なぜシルヴィオとディートリヒは軽装なのか。

その答えはシルヴィオ自身が答えてくれた。

「俺の鞄には、容量が増える効果が付与されている」

「え、そんなのあるんですか⁉」

マリウスは驚いた声を上げた。

「ああ。見た目はこうだが、中には見た目の数倍は入る」

「僕のもそう。ある程度の冒険者ランクになると、魔物だけじゃなく増える荷物との戦いになるんだよねぇ」

ディートリヒは自身も経験があるのだろう。しみじみとした様子で言った。

一方私はマリウスたち以上に驚いていた。

鞄の中が広くなっているなんて……！

そう言われてもにわかには信じがたい気持ちだった。

「あの、お二人のどちらかでいいんですけど、鞄の中がどうなってるか見せてもらえたら嬉しいなあなんて……」

気付いたらそう切り出していた。

シルヴィオとディートリヒは一瞬視線を合わせると、シルヴィオがベルトから鞄を外してくれる。

それを私の前に差し出した。

「ありがとうございます」

私は鞄に目を釘付《くぎづ》けにして、お礼もそこそこに手に取った。

ボタンではなく、ベルトを差し込んで留めている蓋《ふた》を開ける。

すると、目が錯覚を起こしたような光景が広がった。見た目から想像する鞄の中の大きさと、実際の中の状態が全然違うのだ。

思わず、許可を取りもせず鞄の中に手を入れていた。

「うわ……‼」

見た目は深さ二十センチもないはずなのに、私の肘《ひじ》までがすっぽり鞄の中に入る。むしろそれでも鞄の底に手が届いていない。

ありえない光景に私はただただ驚愕《きょうがく》した。

でも一方、深さと広さは大きいものの、口のサイズに関しては見た目と同じだった。

なので、物を入れるにしてもこの鞄の口よりも大きい物は入れられないのだと思う。

「すごい！　なにこれなにこれ！　これも付与効果なんだ……」

私は腕を抜くと、どういう構造なのか鞄をじっくりと見つめる。私が作ったものじゃないので、どうやって効果を付与しているのかはさっぱりわからない。

鞄としてはごくごくシンプル。だいたい縦十センチ、横二十センチ、深さ二十センチのサイズで、箱形に蓋がかぶさっているものだ。ベルトを差し込んで蓋を留めるようになっている。

全体を見ようと私はそれを持ち上げてみる。

しかし、それは予想以上に重かった。

「重い……」

「中に入れたものの重さはそのままだからな」

私が呟くとシルヴィオが答えた。

「じゃあ中が広いからといって、際限なく入れられるってわけじゃないんですね」

どんなにたくさん入っても重さがそのままなのは、若干《じゃっかん》の不便さがある。

——これで容量が大きくて、軽くなればめちゃくちゃ便利な鞄になるのになぁ……。

私はシルヴィオの鞄の惜しい点にそう心の中で思った。


『容量拡大、軽量化の付与は可能です』

突然、脳内に響いた音声に私は持っていたシルヴィオの鞄を取り落としそうになった。

この声は、私の特殊スキル『製作者の贈り物《クリエイターズギフト》』である。

私が考えていることに対して勝手に答えてきたのだ。

「ていうか、私にもできるの⁉」

驚きのあまり私は声に出して言っていた。

「ミナ？　私にもできるって……」

ティアナが様子のおかしい私を少し訝《いぶか》しそうに窺っている。

その言葉にハッとして周囲を見ると、全員が私に視線を向けていた。

そこでようやく周りの状況を考えず、シルヴィオの鞄に夢中になっていたことに気付いた。

「わ！　ごめんなさいっ！　つい熱中してしまって……」

慌てて謝り、遠慮の欠片《かけら》もなく触りまくっていたシルヴィオの鞄を彼へ返した。

「それよりミナ、もしかしてミナのスキルで鞄に付与できるってことか？」

マリウスが私の言葉から察して聞いてくる。

彼は私が自分の特殊スキルと脳内で会話をしていることを知っている。

『製作者の贈り物《クリエイターズギフト》』が声でいろいろ言ってくれるようになったころから、製作中、私の独り言が増加した。それがまるで誰かと会話しているようだったから気になって問われたのだ。

特に隠すことでもなかったので、マリウスに正直に言ったところ「へー、不思議だなぁ」程度の反応だった。

なのでマリウスは私がさっき言った言葉が『製作者の贈り物《クリエイターズギフト》』と話しているんだと思ったようだ。

「えっと、私の効果を付与する特殊スキルには自我のようなものがあって、それで付与できる効果や強さを教えてくれるんです」

「ミナちゃんの特殊スキルはそういうタイプなのか～」

ディートリヒが興味深そうに相づちを打つ。彼の話しぶりからすると特殊スキルを使うにしても、他にもいろいろタイプがあるようだ。

気になるところだが、とりあえず今は話を続ける。

「それで私のスキルが言うには、容量拡大と軽量化を付与できるらしくて……」

「本当かミナ！」

「え、本当、ミナ!!」

マリウスとティアナが前のめりになって食いついてくる。イリーネは無言だけど、目が爛々《らんらん》と輝いていた。

「う、うん……」

勢いに押されつつ、私が頷くと二人は競うように口を開いた。

「俺の鞄に付与してくれ！」

「私の鞄に付与して！」

冒険者にとって常に持ち歩く荷物の問題は大きい。それが軽量化し、さらにたくさんの物が入るのであれば、行動の幅が広がる。

特にこれからダンジョンの偵察に関わっていく彼らには、あるだけでとても助かるものになるに違いない。

「でも、本当にできるかは作ってみないとわからないんだよ？」

「それでもいいから欲しい」

それまで黙っていたイリーネが目に強い力を込めながら私に言う。

「……わかった。作ってみるよ！」

私の言葉に三人がわぁ！　と喜びに沸く。

「ただし、作る順番は三人で相談して決めてね」

この感じだと、誰の鞄から作るのかを私に委ねられたら面倒な気がした。

すると、案の定、三人の目に闘志が宿る。

お互いに引く気はないようで、三人とも自分が一番に作ってもらうと主張する。

そして、三人は声を合わせて一斉に手を前に突き出す。

指をいろんな形にしているところを見ると、じゃんけんをしているらしい。

鬼気迫る形相《ぎょうそう》で拳《こぶし》を繰り出す三人を、私はこの世界にもじゃんけんがあるんだなぁと思いながら見つめていた。

第十一話　効果の優先順位

白熱したじゃんけん勝負により、一番はじめに鞄を作ることになったのはイリーネだった。勝ちが決まった瞬間、無言でガッツポーズを決めていた。

マリウスとティアナの二人は「ああああ……！」と崩れ落ちたが、すぐに二番手を決めるためにじゃんけんを再開する。

その勝負はマリウスが勝ち、鞄を作るのはイリーネ、マリウス、ティアナの順になった。

「イリーネから作りはじめるとしても、三人の要望は先に聞いておくね」

「要望って、どんな効果がいいかってこと？」

ティアナが期待のこもった目を向けてくる。

「効果もそうだけど、そもそもの鞄の形の希望だね」

鞄はいろいろな形がある。

冒険者の三人は両手が空く鞄を使うことになるので、その中でもいくつかに限られてくるとは思う。

リュックサック、ウエストバッグ、ボディバッグなどが妥当《だとう》だろう。

「私は槍を使うからその動きの邪魔にならないのがいい」

イリーネの言葉に私は考える。

「槍の邪魔にならないようにということは、体の側面につけるのはダメだね。ということは背中からお尻《しり》のどこかがいいかもしれない」

ちなみにシルヴィオの鞄はウエストバッグタイプで、右腰につけている。左腰には剣を差しているのでその位置なのだと思う。

剣と違い、槍は穂先だけじゃなく柄や石突《いしづき》を使う場合がある。そのため利き手にかかわらず、体の左右両方に槍を動かすことになる。

シルヴィオのように体の片側に鞄をつけると、そちら側だけ動きが阻害《そがい》される可能性があった。

「リュックかボディバッグ、あとはヒップバッグとか……」

「ヒップバッグ？」

私の言葉が気になったのか、イリーネが首を傾げて呟く。

「ヒップバッグっていうのは、このあたりにつけるバッグのことだよ」

立ち上がり、自分の尾骨《びこつ》あたりに両手で丸を作る。

「それがいい！」

イリーネはうんうんと頷きながら目を輝かせる。

「じゃあ、イリーネはヒップバッグね」

私はデザイン帳を取り出すと、そこにメモしていく。腰につけるベルト部分のサイズに関しては、前回服を作った時に細かく採寸したデータがあるし、ベルトは調節式にする予定なので大丈夫だろう。

その調子でマリウスとティアナからも要望を聞き、鞄のタイプを決めていく。

マリウスはシルヴィオと同じようにショートソードを下げていない右腰につける形にする。

ティアナは結構難しかった。

何しろ彼女の場合、弓を使うので矢筒がある。普段はお尻のところに斜めになるように装着している。これまではリュックだったので同じようにしようかとも考えたけど、これまでよりも小さくなるのにリュックにするのは合ってない。

ボディバッグということも考えたが、その場合は、胸当ての上にベルトがきてしまうので弓の弦《つる》が引っかかってしまう可能性がある。

最終的に矢筒から矢を取り出すのと逆側である左腰につける形に決まった。

「あとは付与する効果だけど、付与したい効果の優先順位を決めておこうと思う」

効果を付与する場合、使う素材や大きさによって、付与できる効果の容量のようなものがある。回復系のレアな効果は、『小』は付与できても『中』はできなかったり、同じ素材を使っても、『～耐性』のようなものは、複数付与できたりする。

効果の中でも『回復』のような汎用性の高いものほど、素材の容量がないと付与ができないということのようだ。

「やっぱり中にたくさん入るのがいいよね！」

ティアナが言うと、マリウスも頷く。

「でもいっぱいになると重くなる」

イリーネはたくさん入れられたとしても、その分の重さは変わらないことが気になるらしい。

シルヴィオの鞄は現にそうだ。

「じゃあ、軽量化もできたらって感じかな」

私はメモしていく。

そこでマリウスが「あ！」と呟いた。

「他に何かあった？」

私がマリウスに聞くと、彼は遠慮がちに口を開く。

「……ちょっと思いついたんだけど、鞄の中に入れたものの状態が変わらないようにってできたりするのか？」

「状態が変わらないように……？　えっと、たとえば食べ物を入れたとしてそれが入れた時のまま保たれるような感じ？」

「そうそう！　採取したものが新鮮な状態だと加工した時も効果が高くなるって聞いたことがあってさ」

すると、マリウスの言葉にそれまで静かに見守っていたディートリヒが反応する。

「そうだね。ポーションなんかの魔法薬の材料はなるべく新鮮なものを使った方が高い効果のものを作れるし、討伐証にしても傷みが激しいとギルドでの買い取りが不可になることもあるよ」

彼の話は若い冒険者にとって勉強になったらしい。三人ともなるほどと言わんばかりの表情だ。

ただ、実際そういう効果を付与することは可能なんだろうか？

『状態保存の効果を付与することは可能です。ただし、完全に時間を止める効果を付与する場合、素材の質が高いものでなければ付与できません』

脳内に響く『製作者の贈り物《クリエイターズギフト》』の声。

完全に時間を止める効果は、なかなか難易度が高いようだ。優先順位的に付与は難しいかもしれない。

あ、でも完全に止めるんじゃなくゆっくりにするっていうのはできるのかな？

『可能です』

おお！

それならもしかしたら一緒に付与できるかもしれない。

「状態保存の効果は付与できるみたい。ただ、完全に時間を止めるのは難しくて、かなりいい素材を使う必要があるらしいの。でも、完全にじゃなく、時間の進みをゆっくりにするっていうのもできるっぽいから、もし可能ならそれを付与できたらいいかも」

私が説明すると、三人から「おおー！」という声が上がった。

これに食いついたのは三人だけではなかった。

シルヴィオとディートリヒの二人は驚いたように目を見開いてこちらを見る。

「え、いいなそれー！　ねえ、ミナちゃん僕にも作ってくれない？　素材なら提供するし」

「俺にもいつかお願いしたい」

「ええっ⁉」

ディートリヒとシルヴィオの言葉に私はぎょっとする。

二人も鞄を欲しがるなんて思っていなかった。

私以上に慌てたのは他の三人だった。

三人はこそこそと「順番を譲るべき……？」「でも俺だって早く欲しい……」「うん」と囁《ささや》き合っている。

私に聞こえているということは、ディートリヒやシルヴィオにも聞こえているわけで……。

二人は苦笑する。

「俺たちのはミナが落ち着いたあとでいい」

「僕とシルヴィオは、今使っている鞄があるからね」

二人の言葉に三人はホッとして胸をなで下ろす。

「わかりました。じゃあとりあえずイリーネ、マリウス、ティアナの鞄を作っていきますね」

「ああ」

「よろしくね〜！」

シルヴィオとディートリヒが頷いて了承してくれる。

こうして私は新たに効果付与の鞄を製作することになったのだった。

第十二話　新たな付与の仕方

翌日から私は鞄作りを開始した。

まずは素材からだ。

鞄の素材はいろいろある。丈夫で手入れによっては長く使える素材といえばやはり革製。ただこれは素材の値段が高い上に、私にそれほど革加工の技術があるわけではないので除外する。

革の次に丈夫で加工がしやすいとなると合成皮革や人工皮革だ。これらはフェイクレザーと呼ばれているもので、ナイロンやポリエステル生地に樹脂をコーティングして作られている。

本革よりも手入れが楽な上に価格も安価なので、最近は鞄や靴を中心によく使われている素材だ。

……ただそれは元の世界での話。

こちらの世界にその素材があるはずもないので、却下《きゃっか》だ。

残るは布製。

「さすがに帆布《はんぷ》はあるよね」

私は布地のお店で求めていた素材があったことにホッとする。

どうやら服用の生地に比べたらやはり需要は少ないようだが、それでも活用の幅が広い帆布は売られていた。

帆布とはその名の通り、元は船の帆に使うための厚手で丈夫な布のことだ。キャンバス生地とも呼ばれ、油絵のキャンバスに張られているのもこの布だ。

非常に丈夫なので、鞄、靴をはじめテントの天幕などにも使われている。

色のバリエーションはあまりないのが残念だが、それでも黒、茶、紺《こん》の三色があったのでそれぞれ購入した。

そして、糸を取り扱うお店にも寄り、大量の刺繍糸《ししゅういと》を買った。

「またミサンガかい？」

店主がおまけをしてくれながら話しかけてくる。ミサンガの基本的な材料は刺繍糸。店主も私がミサンガの製作者だということは知っていて、いまではすっかり常連だ。

「今日は鞄作りに使うんです」

「鞄に？　装飾用かい？」

「そのようなものです」

「また凝《こ》ったものを作るんだね」

感心したように言う店主の言葉に私は曖昧《あいまい》に微笑《ほほえ》みながら、購入した大量の糸を受け取って店を出た。

自宅に戻ると、作業テーブルに買ってきた材料を広げる。

「さて、やりますか！」

気合いを入れるように腕まくりをして、私は鞄の作成に取りかかった。

冒険者三人の鞄を作るよりも前に、まずは自分用の鞄を作ることにした。

何しろ鞄に効果を付与すること自体もはじめてだし、付与する効果もこれまでと違っている。

本当にできるかどうか試してみないことにははじまらない。


『まずは土台となる鞄を作ってください。このとき、絶対に効果を付与させないでください』


「う……、わかった」

私のスキル『製作者の贈り物《クリエイターズギフト》』の指示に従い、私はまず鞄そのものを作っていく。

鞄の構造はすごく単純だ。

斜めがけのショルダーバッグなのだが、袋状の部分に蓋をかぶせ、ベルトで留めるようにする。

なのだが――

「付与しない……付与しない……」

私はブツブツと呟きながら裁断した布を縫い合わせていく。

普段は付与するために効果に意識を集中して作っている。それとまったく逆のことをしないといけないため、今回は結構大変だ。

集中すると効果が付きそうになるので、そのたびに『効果が付与されそうです』と製作者の贈り物《クリエイターズギフト》から注意が入る。

そのたびにハッとして、集中力を散らすということを繰り返して、私はどうにか鞄を作り上げる。

出来上がった途端、どっと疲れを感じながら製作者の贈り物《クリエイターズギフト》に次の指示を仰《あお》ぐ。


『次は効果を付与するための刺繍です』


「刺繍……」

苦手なものがきて私はげんなりとする。できないことはないけれど、刺繍はとにかく大変なのだ。

特にこちらの世界には刺繍ミシンなんてないし。

たとえあったとしても、効果を付与するとなれば私の手作業でなければならないので、使うこともできないし……。

ここでうだうだしていても仕方ない。

マリウス、ティアナ、イリーネのためにも作らないと。

ぐったりと力を抜いていた姿勢を正し、意識を切り替える。

「それでどうすればいいの？」

『色や模様、どちらでもいいですが、付与したい効果を紐付けます』

「紐付ける？」

『効果一つ一つに特定の色や模様を決めていくのです。それを組み合わせて付与していきます』

「なるほど。それは私が決めていいのね？」

『はい。効果を認識しやすくすることが目的なので大丈夫です』

はじめてのやり方だけど、要はこの模様の場合はこの効果が付くよ！　というのがわかりやすくなるということか。

色に紐付けると、その色しか使えなくなるので今後を考えるとあまり良くないだろう。

となると刺繍の模様に紐付けるという方法になる。

私はデザイン帳を取り出すと、刺繍の柄を描いていく。

刺繍は一つの模様を連続して装飾していくことがよくある。組み合わせができるようなものを考えていく。

容量拡大の効果は蔦《つた》。
軽量化は格子《こうし》。
状態保存は小花。
とそれぞれ決めた。

『それを一つの柄ごとに刺繍していきます。その際は必ず鞄の周りを一周させてください』

「一周するのね……。一ヶ所に縫うだけじゃ付与されないってこと？」

「その通りです。刺繍が鞄を一周してはじめて効果が付与されます」

思えばミサンガも腕に結んではじめて、『回復』の効果が発揮される。刺繍をする場合も、同じように効果を付与したものの端と端が合わさることで効果が出るようだ。

「とりあえずまず一つ作ってみよう」

私は先ほど作ったなんの効果も付与されていない鞄を手に取ると、刺繍の模様の下描きを書き込んでいった。

第十三話　効果の検証

『──「状態保存　時間経過率：七割」が付与されました』


三つの効果のうち、最後の付与が終わったのを確認して私は刺し終わりをしっかりと留めた。

「できた……」

縫うときにくしゃっとしていた布を伸ばして形を整えると、私は鞄を両手で持つ。

黒い布地に赤、白、緑の刺繍糸が鮮やかに映える。チロリアン柄のような模様になった刺繍の出来に私は小さく頷いた。

そして、集中するうちにつめていた息をふうと吐き出し、一度深呼吸すると顔を上げる。

「おつかれ～」

「……っうわ！」

私は至近距離にある顔に驚き、声を上げながら仰《の》け反《ぞ》った。

にこにこと私を覗き込むようにしていたのはディートリヒだ。さらに周りを見回してみると、偵察隊の他の面々も応接室の方に揃っていた。

「えっと、おかえりなさい」

びっくりして早鐘を打つ心臓を抑えながらも声をかけると、彼らからも「ただいま」と返ってくる。

「いつの間に帰ってきてたの？」

私が聞くとマリウスは苦笑する。

「少し前に戻ってきたんだけど、集中してたみたいだからな」

「声かけてもミナってばまったく反応しないからびっくりしちゃったよ。マリウスがスキルを使ってる時はいつもこんな状態だって言ってたから終わるまで待ってたんだ」

ティアナの言葉に私は目を丸くする。たしかに特殊スキルを使っているときはいつも以上に集中しているけれど、声が聞こえないほどだとは思わなかった。

「物作り系の特殊スキルはそういう人が多いね〜。かなり無防備になるから気を付けた方がいいよ」

ディートリヒの言葉に私はハッとする。周りの声が聞こえないくらい集中しているならそれは無防備にもほどがある。

今日はエルナがお休みだったこともあって、一人で作業をしていた。頻繁《ひんぱん》にお客さんが来るお店じゃないけれど、お店自体は開けていたので誰でも入ってこられる状態だったのだ。

これがもしエルナがいたとしても、彼女はまだ子供。お客さんとして来る人のことを疑いたくはないが、万が一のことがある。

「それはちょっと気を付けた方がいいですね……」

午前中だけお店を開けるとか、考えた方がいいのかな。特に今は鞄の製作を立て続けにしなければならないから集中して作業をする時間が多くなる。

ただ、最近のアインスバッハは、冒険者の数がとても少なくなってしまったので、お店を開けている必要性があまりないような気もする……。

「ねえ、それでその鞄はできたの？」

ディートリヒは私が持っている鞄を指さした。彼は好奇心いっぱいのわくわくした顔をしている。

さっき至近距離に顔があったのも、私が鞄を作っているところを近くで見ていたからのようだ。

「ちょっと確認しますね」

私は自分の冒険者カードを取り出すと、鞄を持ったままカード表面にある丸い部分に指を当てた。

すると、カードから飛び出すように情報がホログラム状に出てくる。

アイテム　容量拡大バッグ
製作者　ミナ・イトイ
所有者　ミナ・イトイ

効果　容量拡大　三倍増
重量軽減　三割減
状態保存　時間経過率　七割

「試しに作ったものにしてはいい感じ……？」

効果の付与状態をカード上で確認したところで、実際に中に手を入れてみる。

「おお……！　本当に広くなってる……！」

予想していた位置に底がなく、私は肩まで手を差し込んだところで行き止まりに指が触れた。

今回作った鞄は、Ｂ５サイズほどのポシェット型。マチも十センチ付けた。それが三倍ということはかなり容量が大きくなった。

「どうやら付与は成功したみたいだね」

見守っていたディートリヒが私のリアクションから察したらしい。

「容量は三倍になっていると思います。ただ、軽量化と状態保存は、今は確かめてないのでなんとも……」

というか軽量化はなんとなく調べられるけど、状態保存はどうやればわかりやすいのか……。

確かめる方法を想像していると、ディートリヒが「見せてもらってもいい？」と手を出したので私は「どうぞ」と鞄を渡す。

魔法使いの目から見て、私の作った鞄はどうなのか確かめてほしいと思った。

「ちゃんと容量拡大してるね。なるほど……この刺繍模様がミナちゃんのスキルと結びついてるのか」

さすが希少な魔法使い。私の特殊スキルでの付与方法をすぐ見抜いたようだ。

「この刺繍模様であればどんな布でも付与できるってことかい？」

「いえ、私が成型したものじゃないとダメみたいですよ」

「そうなんだ〜。そううまいスキルはないよね、残念」

ディートリヒはそこまで惜しくなさそうな顔で肩を竦める。特殊スキル自体、割と珍しいもので使い方も能力も千差万別らしい。

私の場合、服作りに活《い》かせるスキルなのでいろいろ利用できているものの、中には何に使えばいいんだろう？　と思うような謎《なぞ》なスキルもあると聞いたことがある。

だから、ディートリヒもできたら便利かもくらいでそれほど期待していたわけではないのだろう。

「うん。効果はちゃんと付与されているね。実際に効果が発揮されているかは検証しないとってところだけど……。そうだ、ミナちゃん」

「はい」

「カッフェーを二杯淹れてくれる？」

「カッフェーですか？　いいですけど……」

唐突《とうとつ》なリクエストに私は首を傾げながらも席を立つ。ついでに、他の人にも「飲む人いますか？」と聞くと全員が頷いたので、併せて淹れることにした。

手が空いていたイリーネが手伝ってくれる。

「早く鞄欲しい」

「明日から作りはじめるからね」

「うん」

今日作ったものは、お試しだからあげられないが、効果が付与できたのが確かめられたらそれを活かして彼女たちの鞄を作ろうと思っている。

熾烈《しれつ》なじゃんけん争いの結果、一番最初に手に入れられるのがイリーネのため、待ち遠しいようだ。

そんな話をしつつ、カッフェーが人数分に加え二杯分淹れ終わる。

「ディートリヒさん、これをどうするんですか？」

「一つはここ。もう一つは――」

ディートリヒはミナが持ってきたカッフェーのカップを一つテーブルに置き、もう一つを鞄の中に入れた。

「これで冷め方を見れば状態保存の効果が発揮されてるか確かめられるよ」

「なるほど……。あ、でも布に包むこと自体冷めにくくなるんじゃ……」

ディートリヒは状態保存の効果があるなら、ただ置いておいたカップのものよりも鞄に入れたカッフェーの方が冷めないのでは、と思ったようだ。

ただそれには難点がある。ティーカップのお茶が冷めないようにかぶせておくティーコージーのように、物理的に布に包むと冷めるのを防ぐことができる。だから鞄に入れること自体、温度を保っていることになってしまう。

「鞄に使ったのと同じ布に包んだらどう？」

ティアナの言葉に、私は「それがいいね！」と頷くと同じ布を取り出した。

表地と裏地を重ねたものを折りたたんで袋状にすると、その中にカップを置く。カッフェーがこぼれないようにそっと布をかぶせた。

「これなら差がわかるかな」

「うん、いいね～！」

あとは布に包んだカッフェーの方が冷めるのを待つのみだ。

各々《おのおの》に淹れたカッフェーを飲みながら、今日の偵察の様子を聞く。

「今日はダンジョン周辺の魔物の討伐だな」

「ひたすら狩って狩っての繰り返しだったよ」

シルヴィオの言葉に、マリウスがちょっとだけげんなりした表情をしながら続けた。

「楽と言えば楽だけど、同じ魔物を延々倒すのは飽きてくるよね……」

ティアナもマリウス同様、うんざり気味の様子だ。

「ダンジョンの方はいいんですか？」

「そっちは特殊なアイテムがないと討伐できない魔物がいるから、それが揃うのを待っているところだ」

ミナの問いにシルヴィオが答える。補足するようにディートリヒが口を開いた。

「その間に障がいになりそうなダンジョンの外の魔物をできるだけ少なくしておこうってわけ」

「なるほど～」

ダンジョンに到着する前に魔物との交戦が少ない方が体力的にも時間的にも楽なはずだ。ダンジョン攻略がはじめられなくても、やることはいろいろあるんだなぁと私は納得した。

そうこうしているうちに、布で包んだ方のカッフェーが冷めたようだ。

私が試しに飲んでみると人肌くらいの温度になっている。

「鞄の方はどうかな？」

こぼさないように鞄の中から取りだしてみると、カップはまだ温かい。

そっちも一口飲んでみると、明らかに温度が違っていた。

「すごい！　こっちはまだ温かいよ！」

ティアナとイリーネも試してみたいというので、それぞれのカッフェーを飲んでもらう。

「本当だ！　鞄の中に入れた方も冷めてはいるけど、こっちより全然温かい！」

「違いは歴然《れきぜん》」

二人の言葉もあり、見ていたディートリヒ、シルヴィオ、マリウスの三人も納得したような表情を浮かべた。

「残る軽量化は秤《はかり》があれば一目瞭然だけど……」

「あー、うちにはないですね……」

ディートリヒの言葉に私は横に首を振る。

元の世界では身近にあった秤。体重計や料理用の計量器は家庭にあっても珍しくないが、こちらの世界はそうではない。

量り売りの商売をしている人や、料理屋さんであれば持っているが、一般家庭にあることはそうないものなのだ。

「じゃあ、ギルドに行って確かめてみるしかないか」

冒険者ギルドならば、素材の重さを量るために使用しているのを度々《たびたび》目にしてる。

ディートリヒの提案で、私たちは冒険者ギルドに向かうことになった。

第十四話　重さの軽減と価値の上昇

作ったバッグの効果を検証するため、私は偵察隊の面々と共に冒険者ギルドにやってきた。

いつもなら夕方のこの時間帯は、依頼の達成報告をする冒険者で混み合うのだが、冒険者ギルドは閑散としていた。

私は隣のマリウスの服をちょんちょんと引っ張ってから小声で話しかける。

「ギルドって最近ずっとこんな感じなの……？」

「ああ。冒険者がいないからなぁ。依頼自体も内容が制限されてるし。討伐やアイテム採集の依頼は受け付け停止にされてるらしいぞ」

「そうなんだ……」

「町の中でできる力仕事とかの依頼はあるから、朝はそれを受けに来る冒険者もいるけど、前に比べたら少ないな。それも早い時間に終わるだろうから」

以前はとても賑わっていた冒険者ギルドがほぼ開店休業のような状態。

仕方ないことではあるけれど寂しく感じてしまう。

アインスバッハに長く住んでいるわけではないけれど、それでも数ヶ月過ごした町だ。初級冒険者が集《つど》う町ということもあって、冒険者ギルドが町の中心だった。

それが今やこんなに静かで……。

人がいると諍《いさか》いもある。私とマリウスもいちゃもんを付けられたことがあった。

しかし、ここまで人がいなくなり、閑散とした光景を見るとそれさえも懐《なつ》かしい気がしてくるのだ。

「ミナちゃん、こっち」

ガラガラの冒険者ギルドに一人もの悲しさを感じていると、先にいるディートリヒが私を呼んだ。

足を進めたのは鑑定部門のカウンターだった。

そこには部門長であるライナーが一人椅子に座り、鉱石のような石をルーペで覗き込んでいた。

私たちがぞろぞろとやってきた足音に気付いたのか、彼は顔を上げる。

「おや、偵察隊の面々にミナも揃ってどうした？」

「ライナーさん、秤って使ってもいい〜？」

ディートリヒの言葉にライナーは不思議そうに首を傾げる。

「いいが……何に使うんだ？」

「ミナの作った鞄の効果を確かめるためにね」

「ほう、今度はどんなもんを作ったんだ？　良かったら見せてもらってもいいか？」

ライナーは興味を惹《ひ》かれたのだろう。さっそく食いついてきた。

「私の方こそライナーさんに鑑定してもらいたいです！」

鑑定部門長を務めているライナーは鑑定のスキルを持っている。

私が効果の付与結果を確かめるのは冒険者カード越しで、しかも自分が作ったもの単体でしか見ることができない。

だから、たとえば同時装備によるセット効果なんかは私の方では確認できないのだ。

「おお、いいぞいいぞ！」

快諾《かいだく》してくれたので、私はまず鞄をライナーに手渡す。

「見たところ容量の拡大効果のある鞄か？」

「そうです。はじめて作ったので効果がちゃんと付与されてるかどうか確かめたくて……」

「容量拡大が三倍に、重量が三割減、状態保存の時間経過が七割、ってとこか？」

「私の付与結果も同じでした！」

ひと目見ただけでライナーはあっさりと付与されている効果を言い当てた。さすが鑑定部門長だ。

「秤を使うのは、重量軽減がされてるかどうか確かめるためだな。他の効果は確かめたのか？」

「はい、だいたいは」

「鑑《み》た感じ大丈夫だと思うが、実際にやってみた方がいいだろう」

そう言って、ライナーは秤の準備をはじめる。

ギルドで使っている秤は吊《つ》り下げ式だ。目盛りが付いている部分の下に大きいフックがあって、ものを載せやすいような浅めのトレーが吊り下げられている。

「まずはものを中に入れずに量ってみるぞ」

私が作った鞄と一緒に拳サイズの重りをトレーに載せる。フックに重さがかかると目盛りが動いた。

「この目盛りの位置を覚えておいてくれ。次だ」

トレーから鞄と重りを降ろすと、今度は鞄の中に重りを入れる。そして、再びトレーに載せた。

「おお！」

目盛りの針は先ほどよりも軽い位置を指していた。おおよそ三割ほど減っている。

「本当に減るんですね……！」

自分で作った鞄ながら不思議だ。

状態保存に関しては、元の世界に保冷バッグや魔法瓶があるので、同じようなものと捉えればよかったし、容量拡大に関してはシルヴィオの鞄で体験していたため、自分で付与したものもそこまで驚きはなかった。

しかし、重量軽減に関しては、まるで手品を見ているような気持ちになる。重さの三割はどこに消えてしまったんだろうか？

「すごい……」

私が鞄と重さの目盛りをまじまじと眺めながら呟くと、ふふっと笑うディートリヒの声が耳に入った。

「ミナちゃん、自分で作っておいてすごいって……」

「いや、あっ、違くって……！　付与効果がすごいって意味で！」

改めて考えるとまるで自画自賛しているような言葉だと気付き、私は慌てて否定する。

「まさか本当に付与できるとも思ってなかったし、効果が発揮されてるのもはじめて見たから……」

「おいおい、よくそれでこんな大層なもん作れたなぁ」

ライナーが若干呆れたような声で言う。

「それもそうよね！」

「うん」

ティアナとイリーネがしきりに頷きながらライナーの言葉に同調する。

「え？　ダメだった……？」

みんなの希望があったから私はそれを盛り込んだだけだ。

「いや、ダメじゃないけどさ、作ろうと思ってすぐ作れるのがすごいんだよ」

マリウスが苦笑しながら続いた。

「そう、なのかな……？　でもこの効果が付与されてたら便利だよね？」

ものがいっぱい入って、軽くて、状態も変わりにくい鞄はとても役立つはずだ。

「っあははは！　ミナちゃんは最高だね！　いいよいいよ～！　君はそのままでいてね」

「は、はぁ……」

突然爆笑しだしたディートリヒに私は呆気にとられる。よくわからないけど、まあ、便利なアイテムがあるに越したことはないだろう。

というか、この鞄はあくまで私用に作ったお試し品なので、冒険者の彼らに作るものはもっと効果を上げるつもりだ。

あっ、でもあまり効果を上げすぎたら商品価格が上がっちゃうから、ギルドからの経費を心配してるってことかな？

せっかく作っても私に収入がないのは困るし、それぞれオーダーした意味がなくなってしまう。

「……これから作るみんなの鞄の費用はギルドに請求するって言ってましたよね？　……あまり効果を盛りすぎたら価格も高くなると思いますけど、大丈夫ですか？」

私がおずおずと切り出すと、マリウス、ティアナ、イリーネの三人はハッとした顔をした後で、一斉にシルヴィオに視線を向ける。

不安と期待の入り交じる目を向けられたシルヴィオは、ややあってハァ、と息を吐き出すと「交渉する」と呟いた。

第十五話　他の町の冒険者

「ライナーさん、ありがとうございました」

「おう！　注文分を作り終わったらギルドに卸《おろ》してくれてもいいからな？」

「考えておきますね」

思いがけずライナーに鑑定してもらうことができ、本来の目的以上に明確な結果を知った私は、偵察隊のメンバーを連れてギルドを後にした。

日暮れも間近なこともあり、少し早めに晩ご飯を食べることになったのだ。偵察隊のみんなは明日も魔物の討伐をしなければならないので、休める時に休んでおくに限る。

シルヴィオが予想以上に高性能になった容量拡大鞄の製作費をギルドに交渉してくれると請け合ってくれたおかげで、イリーネ、ティアナ、マリウスの三人はホッとしたらしい。今は三人とも上機嫌で歩いている。

ギルドの建物を出ると、空が赤く染まりはじめていた。

ティアナがうきうきと歩きながらイリーネに「今日のご飯、なんだろうね？」と話すのを聞いていると、突然「シルヴィオ？」と横から声がした。

私たちは足を止めて声の方を見るとシルヴィオと同年代くらいの男女がいた。

「やっぱりシルヴィオだ！　久しぶりだな！」

シルヴィオの顔を見るなり、男性はにこやかな表情で駆け寄ってきた。

「……エアハルトか」

どうやらシルヴィオと彼らは知り合いらしい。女性の方も「久しぶりー！」と声をかけている。

「新しくダンジョンができた町がシルヴィオの出身地だって聞いた時、もしかしてと思ったがやっぱりいたか！　心強いな！」

そう言って、彼は陽気にシルヴィオの肩を叩いている。

まるで夕焼けが映ったかのようなオレンジ色の髪をした男性。体格や格好からして冒険者だというのが一目でわかる。

装備も使い込んではいるが、しっかりと手入れされ大事に使われているようだ。

私はそこまでたくさんの冒険者を見てきたわけではないけれど、この人はきっとすごい冒険者なんだろうと思う。立ち姿や雰囲気が、以前アインスバッハに大勢いた新人冒険者とはまったく違っていた。

「そっちはシルヴィオのパーティーメンバーか？　紹介してくれよ」

「まあいいが……」

男性がシルヴィオと一緒にいた私たちに好奇心いっぱいの目を向けてくる。紹介を迫る彼にシルヴィオはやや困惑《こんわく》気味に顔を曇らせる。

「あー、ここじゃなんだから飯でも食べながらの方がいいんじゃない～？」

見かねてディートリヒが提案する。

「それもそうだ！　俺たちもさっき着いたばかりなんだ！　しばらくは宿を取ろうと考えているからおすすめのところがあれば教えてもらいたいしな！」

ちょうど私たちも食事に行こうとしていたところだったので、彼らを連れて宿屋アンゼルマに向かった。


「いらっしゃい～！　あら今日はやけに人数が多いね」

ぞろぞろとやってきた私たちを見て、宿の女将であるアンゼルマは少し驚いたように目を見開いた。

「八人ですけど大丈夫ですか？」

マリウスが言うと、アンゼルマは嬉しそうに笑って「もちろんさ」と全員を店内に招き入れる。

「今日はなんとシュニッツェルの日だからね！　うちの看板料理の日だから大歓迎だよ」

「やった！」

大好物のシュニッツェルが出てくる日だと知ると、マリウスは小さくガッツポーズをする。宿屋アンゼルマで人気の料理であるシュニッツェルは、薄く叩いて伸ばした肉に衣を付けて揚げた料理だ。いわゆるカツレツである。

宿の主人であるローマンの作るシュニッツェルは絶品だ。シュニッツェルが献立の日は、いつも以上に食堂が混み合っていた。

しかし、冒険者の数が少ない今は、最近の中では店内に人がいるが、それでも以前のように満席というわけではなかった。

四人がけのテーブルを二つくっつけた席をアンゼルマが用意してくれる。

「こぢんまりとしているがいいところだな！」

オレンジの髪の男性が席に座りながら言った。

「うちは家族でやってるからね。小さいけど料理のおいしさは保証するよ！」

彼の言葉が耳に入ったらしいアンゼルマは気分を害した様子はなく、ウインクをしてから両手に持っていたお皿をテーブルに置いた。

揚げたてのシュニッツェルにレモン、塩ゆでにしたじゃがいも。ライ麦パンが今日の夕食だ。

おいしそうな料理を見た途端、私のお腹が空腹を訴えてきた。今日一日バッグ作りに集中していたからなのか、お腹がペコペコだった。

全員に料理が配られたところでまずは食べることにする。

サクッと揚がった衣に齧りつくと、食べ応えのある肉の味が口いっぱいに広がる。カツレツは元の世界にもあり、たびたび食べていたので、とても馴染み深い料理だ。

次にレモンを絞る。レモンの酸味がさっぱりとして、私はソースよりこちらの方がより好きだ。

しばらく料理に舌鼓《したつづみ》を打っていると、オレンジ色の髪の男性が咳払《せきばら》いをした。

「えーと、それで俺はいつメンバーを紹介してもらえるんだ？」

シルヴィオは、もぐもぐと口を動かしながら、そういえばそうだったな、と言わんばかりにゆっくりとそれを飲み込むと口を開いた。

「……新しくできたダンジョンを一緒に偵察しているメンバーだ」

「おお！」

シルヴィオの言葉に男性はさらなる紹介を期待するように言う。しかし、シルヴィオはそんな彼を見て、若干うっとうしそうな視線を向ける。

嫌っているわけではなさそうだが、面倒だと思っているような空気をひしひしと感じる。

「シルヴィオに任せてたら夜中になっちゃいそうだから、勝手に自己紹介するよ～。僕はディートリヒ。領主のお抱え魔法使いで、シルヴィオとは昔パーティーを組んでたんだ」

「おお！　シルヴィオが前に魔法使いとパーティーを組んだことがあると言っていたが、君だったのか！」

「へえ～」

ディートリヒはニヤリと口角を上げて、シルヴィオに視線を送る。シルヴィオはしれっとした顔で塩ゆでのじゃがいもを頬張っている。

「じゃあ、お次はマリウス」

ディートリヒが向かいに座るマリウスにパスする。

すると、マリウスは口にあるものを慌てて飲み込んだ。

「あ、俺はマリウスです。まだ新人ですけど、シルヴィオさんにはいろいろとお世話になっていて……！」

「ほうほう！　新人だけどシルヴィオとパーティーを組んでるってことはそこそこのランクなのかな？」

「今はCランクです」

「新人でCランクはたいしたものだ！」

男性の言葉にマリウスは少し照れたように口元を緩めた。

すると、私を挟んでマリウスとは逆隣に座っていたティアナが「はいはーい！」と元気よく手を上げる。

「私とイリーネもCランクですよ～！」

「そうなのか！」

「私はティアナっていいます！　普段は弓を使います！」

「イリーネ。槍使いです」

元々パーティーだった二人がまとめて名乗る。

そして、最後に残ったのが私だった。

男性冒険者とそのパートナーらしい女性の視線が私に向かってくる。

「えーっと、私は冒険者じゃなくてですね……」

言いながらそれは格好を見たらわかるよなと思いながらも、どう話すべきなのか考えてしまう。

シルヴィオは私のお客さんではある。

でもそれ以外の関係はなんと言っていいのか……。

偵察隊に協力しているとはいえ、シルヴィオ個人との関係は改めて考えてみると言葉にするのが難しい。

友達、ではないと思う。

知り合い……？　でもそれよりはもう少し親しいと思いたい。

ひとまず名前と職業を名乗ることにする。

「ミナ・イトイといいます。冒険者専用の服を作っています」

「格好から冒険者じゃなさそうだと思ったが……。冒険者専用の服、とな……！」

私の職業を聞いて、彼は目をキラリと輝かせた。興味があるようだ。

「偵察隊の人たちには、装備できるアイテム面で協力しているんです」

「おお、それは詳しく話を聞きたいな！」

男性は私の言葉に身を乗り出すようにして食いついてくる。しかし、そこでシルヴィオが「エアハルト」と口を挟んだ。

「おっと、そうだった。こちらがまだ名乗ってなかったな」

そう言って、彼は居住まいを正して口を開いた。

「俺は、エアハルト。ゼクスベルクを拠点にしているAランク冒険者だ」

「Aランク……！」

マリウスが目を見開きながら、思わずといった風に声を上げた。ティアナとイリーネも驚いた様子だ。

「しかも、ゼクスベルクって上位ランクの冒険者が集まる町……」

マリウスが独り言のように呟くと、エアハルトはにっと口角を上げた。

「ゼクスベルクのことを知っていたか」

その言葉にマリウスはハッと自分が呟いていたことに気付く。

「あのっ、噂には……」

そう言いながらちらりとシルヴィオに視線を向けたところを見ると、彼から何かしらの話を聞いたのだろう。

「そのゼクスベルクからダンジョン誕生の噂を聞きつけて駆けつけたんだ。パーティーメンバーはそれぞれ旅支度に時間がかかりそうだったから、先に拠点を探しておこうと俺とユッテが先行してやってきたんだ」

エアハルトはそう言って、隣に座る女性に目を向けた。

「ユッテよ。Bランクね。エアハルトのパーティーメンバーよ。他に三人いて、あなたたちと同じく五人で活動しているわね。よろしく」

くせのないキャラメルブロンドにエアハルトの髪色によく似たオレンジ色のメッシュが一筋入った長い髪をサイドテールにした女性。彼女・ユッテも冒険者だからか、すらりとしていながらも、健康的な体型をしている。

エアハルト同様、明るくてはっきりとした印象を受ける。

普通なら好印象しか抱かないはずだろう。私も彼女に対しての印象は悪くない。

でも、彼女の言葉に少しだけ引っかかりを覚えた。

『あなたたちと同じく五人で』

それは偵察隊のことを指して言っているから間違ってはいない。

偵察隊は冒険者五人のパーティーだ。

――私は偵察隊ではないから、その中には入っていない。

私は冒険者じゃないから、至極《しごく》当然のことなのだ。

けれど……。

それを今日初対面の人に改めて言われ、私は小さな疎外感を覚えた。

今も、このテーブルに冒険者じゃないのは私だけ。

ミサンガや容量拡大鞄の製作もあって、偵察隊結成時から彼らに関わってきたし、打ち合わせを私の店でやっているからか、気持ち的には偵察隊の一員のような気分でいた。

しかし、それを知らない人から見たら、私はただ知り合いの仕立屋さんでしかないのだろう。

全員の紹介が終わったところで、さっそくと言わんばかりにエアハルトがシルヴィオにダンジョンのことを質問攻めにしていく。他のメンバーも加わり、冒険者談義がはじまった。

賑やかなそれを聞きながら、私は一人取り残されたような気持ちになる。

手持ち無沙汰《ぶさた》に、食べかけのシュニッツェルを囓る。

それは、すっかり冷めてしまっていて、いつもおいしいはずのシュニッツェルが今日ばかりは味気なく感じた。

第十六話　それぞれの領分

エアハルトとユッテは他のパーティーメンバーがアインスバッハに到着するまでの間、宿屋アンゼルマに滞在することにしたらしい。

それまでに二人で情報収集と、パーティーメンバーと共同で生活する拠点となる物件探しをするとのことだ。

食事を終えてからも、偵察隊とエアハルト、ユッテは宿屋アンゼルマの食堂にいた。食事が済んでるにもかかわらず居座るのは悪いので、食事とは別に蜂蜜酒を注文した。

こちらの世界でよく飲まれているお酒といえば、蜂蜜酒だ。食文化的にビールが飲まれてるかと思いきや、意外にも違っていた。

元の世界では馴染みがなかった蜂蜜酒だが、飲んでみると結構おいしい。というか、ほんのりと蜂蜜の風味があるので苦めのお酒が苦手な私でも飲むことができる。

ただ、ストレートで飲むととても濃い。

もちろんストレートで飲む人もいるが、水で割ったり、お湯で温めたりと、いろんな飲み方をする。

男性陣はストレートで、女性陣はお湯で割ってそれぞれ飲んだ。

ちなみにこちらの世界での成人は十六歳。年齢によって飲酒を禁止する法律はないが、慣例的に成人したらお酒を飲んでもいいらしい。

蜂蜜酒を手に、みんなは冒険者談義に花を咲かせる。

マリウスとディートリヒは、エアハルトにゼクスベルクの様子を聞き、逆にエアハルトはアインスバッハのことを知りたがる。

そこにはシルヴィオという共通する人物がいるため、シルヴィオの様子も含めて話をしている。

これに本人のシルヴィオは苦い顔をしていたが、余計な口を挟むのが面倒なのか渋い顔をしながら静かに蜂蜜酒を傾けていた。

一方、ティアナとイリーネはユッテと話をしている。

冒険者は男性の方が圧倒的に多い。その中で数少ない女性冒険者同士ということもあって、こっちも盛り上がっていた。

その二グループのちょうど境界あたりに座る私は、両方の会話を聞きながらもどちらにも加われずにいた。時折、頷いたり相づちを打ったりはするが、その程度だ。

どちらの話も聞いていていて楽しくはある。

ただ、冒険者じゃない私自身が語れるものは何もなくて、聞き役をするしかなかった。

……それもそろそろ厳しくなってきた。

私はそっと椅子を引く。

すると、隣に座るマリウスが「どうした？」と聞いてくる。

「飲み物もなくなったし、ちょっとアンゼルマさんに話しておきたいこともあって……」

「そうか」

「あ、マリウスこっちに座りなよ。その方がエアハルトさんと話しやすいんじゃない？」

私は座っていた席にマリウスが座るように勧める。

八人が座るテーブルの一番端に座るマリウスの位置では、話をしづらいだろう。それなら聞くだけの私がどいた方がいい。

「いいのか？　じゃあ……」

マリウスは自分の飲んでいた蜂蜜酒を持って移動する。

中断されていた会話が再開するのを聞きながら、私はテーブルを離れた。

カウンターに向かうと、片付けをしていたアンゼルマが顔を上げる。

「ミナ、おかわりかい？」

「いいえ、お酒はもういいかな……。それより今後のエルナのことなんですけど……」

今日はお休みだったエルナだが、明日はうちに来る予定だ。

「ああ、明日は大丈夫なんだろう？」

「はい、そのつもりです。ずっと作業する予定なので」

「それじゃあ、エルナは見たがるはずだね」

アンゼルマはそのエルナを想像しているのか微笑ましそうな顔をする。

「じゃあ、いつも通りの時間にってエルナに伝えてください」

「ああ、わかったよ」

毎日夕食を宿屋アンゼルマで食べているので、その時にエルナの来る日程を相談している。わざわざ席を立ってするほどの内容ではないんだけど、それでもあの輪の中から抜けるのにはちょうど良かった。

アンゼルマはまだ仕事があるので奥に行ってしまった。

お酒はもういいと言ったからか、ローマンがお湯で割ったりんごジュースを出してくれる。少しスパイスも加えているのか、香ばしくて体が温まる。

一人カウンターでそれをちびちび飲む。

後ろからはなおも賑やかな声が聞こえてくる。

それに羨《うらや》ましさを感じてしまう。

もしも。

私のスキルが戦闘に向いているものだったら、冒険者をしていたんだろうか……？

ふとそんなことが頭をよぎる。

一瞬考えてみて、私はすぐにそれはないな、と答えを出した。

そもそも、元の世界にいたときだって、人並み程度に運動ができなかったのだ。きっとそれはこっちの世界の人からしたら全然できない範疇《はんちゅう》だと思う。

まずもって体力からして違う。

こちらの世界に車や電車のような便利な乗り物は当然ない。人々の交通手段といえば徒歩か、良くて馬車だ。

自分の足で移動することが基本だからか、みんな足腰が丈夫で体力がある。

さらに、生活に関しても電化製品のような便利なものはあまりない。

冒険者ギルドでは、よくわからない技術が使われているけれど、それは日常生活では見られない。

水道はあるけれど、コンロは薪をくべて使うタイプで、スイッチを押しただけで火が付く元の世界の物とは雲泥《うんでい》の差。

日常生活にかかる労働コストが全然違っているのだ。

日常生活をする程度の体力しかない私が、冒険者をやるなんてよっぽど鍛《きた》えないと無理だろう。

しかも、魔物と戦わないといけない。

これまで生きてきた人生の中で、生き物と戦った経験はほぼない。あるとしても害虫くらいのもの。

そんな私が魔物と相対するのは、とても覚悟が必要だと思う。

命を奪うのは可哀想《かわいそう》、などの聖人のような考えなわけではない。

ただ単に怖いのだ。

生き物と戦ったときに感じる匂いや感触が生理的に無理。血も苦手だ。

小さい頃からの慣れというのもあるんだと思うが、肉や魚も加工されて売られているのが当たり前だった世界出身の私にはハードルが高すぎる。

だから、スキルがもしあったら……と考えても私には冒険者はできなかっただろうなと思う。

いやいや、ちょっと待って。

私はハッとする。

なんだか冒険者の空気に流されてしまっていたけど、そもそも私はデザイナーになりたかったのだ。

その夢を実現している今、何を迷うことがあるというんだ。

私にも、私にしかできないことがあるはずだ。

現に、このアインスバッハで容量拡大効果のある鞄を作れるのは私しかいないんだよね……！

楽しそうだなぁって見えたのは今だけで、冒険者だって楽な仕事じゃないだろう。辛《つら》いことや嫌なことはいっぱいあったはず。

羨ましいと思うのは、一時のその場の空気に流されたからだ。仲間はずれにされたような気がしてさみしかっただけだ。

別に私は冒険者になりたいわけじゃない。

現実を冷静に見つめると、気持ちが落ち着いてくる。

そうなると現金なもので、せっかくのシュニッツェルだったんだからもっと味わって食べたら良かったなと思えてくるのだからおかしなものだ。

前向きな気分で、少し冷めてきたりんごジュースを飲む。

そんな時、私の隣の椅子が引かれた。

見ると、隣に座ったのはシルヴィオだった。

「シルヴィオさん、お酒のおかわりですか？」

「いや……」

そう言って言葉を濁《にご》したシルヴィオに、私は彼の行動の理由を察した。

おそらく自分の話が出るのがいたたまれなくなったのだろう。こっちに逃げてきたようだ。

私は苦笑して口を開く。

「何か飲みます？」

「……ミナは何を飲んでるんだ？」

「これはりんごジュースのお湯割りですね。ローマンさんが作ってくれて」

「じゃあ、同じのにするかな」

私たちの会話が聞こえていたのか、カウンターの奥で明日の仕込みをしていたらしいローマンがすぐにシルヴィオの分を用意してくれる。

カウンターに並んで、温かいカップを傾ける。

背後からは六人の楽しそうな声が聞こえてくる。

「ミナ」

「はい？」

「あいつらの鞄作り。大変だろうけど頼んだ。ダンジョン攻略には欠かせなくなるだろうから」

そう言うなり、シルヴィオはまたカップに口を付ける。

一言。

シルヴィオからしたら何気ない言葉だったのかもしれない。

でも私には、とても励みになる一言だった。

さっきまでささくれだっていた心の表面が一瞬で綺麗《きれい》に治ったようだった。

「いい鞄、作りますね！」

そう言って隣のシルヴィオを見る。

彼の視線はちらりとこちらを向いており、その目元がほんの少し。柔らかく細められた。

第十七話　ほろ酔いの帰り道

宿屋アンゼルマを出る頃には、外はすっかり夜の帳《とばり》が下りていて、月と星が綺麗に輝いていた。

宿の前で別れ、私はマリウスと二人で家に向かう。

「いや〜、やっぱりAランク冒険者って違うなー！」

並んで歩いているとマリウスは上機嫌に言った。

蜂蜜酒を飲んだからだろう。頬は普段より血色が良く、ほろ酔いの様子だ。

アインスバッハにはシルヴィオ以外にAランク冒険者はいない。そこにやってきたエアハルト。

アインスバッハの周辺よりも格段に強い魔物が棲《す》んでいるというゼクスベルクから来たということもあって、冒険者としての経験値が高いようだった。

さらにシルヴィオも以前その町にいたことがあり、エアハルトとも付き合いがあったとなると、シルヴィオに憧《あこが》れているマリウスは何時間でも話を聞きたかっただろう。

ただ、エアハルトたちも今日この町に着いたばかり。旅の疲れもあると思うし、荷解きなんかもしなければならないはず。

また、偵察隊の面々だって明日もまたダンジョンの偵察を進めないといけない。

宿屋アンゼルマも店じまいの時間だということもあってお開きになったのだ。

「そんな人がダンジョン攻略に加わってくれるなら心強いじゃん」

「そうなんだよ！　パーティーメンバーも後で合流するって言うしさ！　俺もいろいろ学ばせてもらおうと思ってるんだ！」

キラキラと目を輝かせて言うマリウスが微笑ましい。

いつもしっかりしていて年齢よりも大人びた印象のマリウスが、こうして子供みたいにはしゃいでいるのは珍しかった。

「いいとこ横取りされちゃわない？」

マリウスのテンションに合わせるように、いたずらっぽく言うと、マリウスはムッとした顔をする。

「たしかにその可能性はあるけど、俺だって偵察隊の一員だし、すぐBランクになってたくさん魔物倒して稼いでやるんだ！」

少し子供っぽい口調で目標を語るマリウスに私は自然と頬が緩む。

いつも前向きなマリウスを見ているとこっちも頑張ろうという気持ちが湧いてくる。

「そっか！　私も頑張らないとなぁ」

効果の付与もまだ手探りの部分があるし、それにもっといろんな服を作れるようになりたい。

鞄作りも大事だが、やっぱり服を作るのがデザイナーとして一番やりがいがある。

「……元気になったみたいで良かった」

「え？」

ぽつりと呟いたマリウスの言葉に私は驚く。

「なんかみんなでご飯食べてる時、元気なさそうに見えたからな」

周りにわからないように振る舞ってたつもりだったけど、マリウスは気付いていたらしい。

「あー、もう大丈夫！」

私はにっと笑って返すと、マリウスは心配そうな顔をする。

「何かあったら相談していいんだからな。……役に立てるかはわからないけどさ」

マリウスは優しいな……。

この世界に来てからマリウスには助けられっぱなしだ。もしはじめに出会ったのがマリウスじゃなかったらきっと私は今こうしていられなかったと思う。

マリウスの人柄に触れるだけで、たくさん力をもらっているからね。

「ありがとう！　マリウスも冒険者頑張って！　私もいい鞄作るから！」

そう言ってマリウスの背中をバシッと叩く。

わざとらしく「いてっ」というマリウスだけど、全然痛そうじゃなくて……。むしろ鍛えられた背中を叩いた私の手の方がじんじんとした。

「おはようございます！」

直接ドアを叩く音に気付いて玄関に出てみると、エルナがいた。

「今日は早いね、エルナ」

「ミナお姉ちゃんの新しい鞄を見たくて！」

エルナには容量拡大鞄を作ることは話していた。エルナの休みである昨日に鞄を作るということも言っていたので、出来上がったものを早く見たくて今日はこうして早い時間に来たらしい。

昨日、エルナの家である宿屋アンゼルマにも持っていってはいたが、エアハルトや偵察隊の人たちと一緒だったこともあって邪魔しないようにしていたのだ。

それもあって余計に楽しみだったようだ。

「試作だからまだまだなところもあるけど、容量は大きくなったし、まあまあの出来かな」

「わぁ！　楽しみ！」

「ふふふ、ほら、入って」

家の中にエルナを招き入れる。エルナを伴い、いつも作業しているダイニングに向かう。

「エルナ、おはよう」

「マリウスさん、おはようございます！」

ダイニングではマリウスが朝ご飯を食べている最中だった。普段はマリウスが出かけた後にエルナが来るのだが、今日はエルナの方が早い。

マリウスは最後のパンを口に入れ、数回噛むとそれを流し込むようにカッフェーを飲んだ。

「うし、ごちそうさま！　それじゃあ、俺は行ってくるな」

「いってらっしゃい、気をつけてね！」

「いってらっしゃーい！」

私とエルナに見送られ、マリウスは偵察隊の依頼に出かけていった。

「さて、私たちもやりますか！」

ダイニングテーブルの上を布巾《ふきん》で拭《ふ》いて綺麗にしたら、私たちも今日の作業に取りかかる。

昨日は、エアハルトというすごい冒険者に会ったからか若干ネガティブなことを考えてしまったけど、私はやることがたくさんあるのだ。

「エルナ、これが新しい鞄の試作品ね」

「わあ！　見てもいい？」

「どうぞ～」

私が昨日作ったばかりの容量拡大鞄を渡すと、エルナは目をキラキラと輝かせる。

「この刺繍かわいいね！　お姉ちゃん、あまり刺繍しないけど新しい鞄にはするんだね！」

「まあ、刺繍が効果付与の肝でもあるからねぇ。もっと練習しないと」

そこそこできるとはいえ、刺繍職人でもないので刺繍の腕はそんなに良くない。これからこの方法で効果を付与することが多くなるのであればもっと刺繍の腕を磨かなければならない。

「中がたくさん入るようになってるんだよね？」

「そうだよ。手を入れたらわかると思う」

私の言葉にエルナは鞄の中にそっと手を入れる。

「うわっ！　すごい！　鞄の底がずっと遠くにある！」

腕を肘よりもさらに入れてエルナが目を大きく見開いて言った。腕を抜くと今度は鞄の中を覗いている。

エルナの「底が遠くにある」というのは言いえて妙だ。一見したらわからないが、鞄の中をよく見ると実際にそうなっている。

鞄の外形から推測した鞄の容量と、実際の容量が違うからはじめて見たときは私も自分が作ったものながら頭が混乱したけれど。

「ミナお姉ちゃんは、この鞄をたくさん作るんでしょ？　すごいなぁ！」

「エルナにも今日から新しい服を教えるからね」

「本当!?　がんばる！」

やる気十分なエルナに私は頬を緩め、今日からエルナに教える課題を準備する。

「今日から教えるのはブラウスの作り方ね。アンゼルマさんからエルナが着れなくなったブラウスをもらったから、これを使って教えていくよ」

「はい！」

こないだまではスカートの作り方を教えていたため、今度は上衣を教えようと思う。

私はあらかじめアンゼルマさんから譲ってもらったエルナのお古のブラウスをテーブルに広げる。

ラウンドネックにバルーン袖の子供らしいかわいいデザインのブラウス。

エルナも自分の着ていた服だから当然覚えているようで「去年まで着てた服だ！」と懐かしそうにしている。

私が一から型紙を作って教えても良かったのだが、元々ある服を解《ほど》いて構造を確かめた方がわかりやすい。

特に、以前実際に自分が着ていた服なら着用感も覚えているだろうし、思い入れもあるだろう。

また、子供用のブラウスは体に凹凸が少ない分、構造がシンプルだ。故《ゆえ》に教材としてはもってこいだ。

まずここからはじめていろいろと応用をしていった方が学びやすいと考えた。

私もはじめて服を作った時は、自分の着ていた服をばらしてそれを元に作ったものだ。

はじめは型紙を見ただけではどう完成するか想像できない。でも、着用したことのある服ならば完成形がわかっているので、それを目指して作れるのだ。

「じゃあ、まずは縫い目の糸を全部解《ほぐ》すところからね。ただバラバラにするんじゃなくて、どうやって縫われてるかも見ながらね」

「はい！」

私の指示にエルナは真剣な顔で返事をする。エルナが作業に取りかかるのを見守りながら、私は私で鞄作りの準備に取りかかった。

第十八話　スキルの効率的活用法

容量拡大の効果を付与した鞄を一度試作してみて、工夫できそうだと思った点はいくつかある。

それを踏まえて、冒険者三人の鞄を作ろうと考えている。

まずは素案として考えたデザイン画を見直す。

イリーネとティアナにはヒップバッグ、マリウスにはホルスターバッグを作ろうと思っている。

中の容量を拡大するなら箱形の方がいいと考えていたのだが、実際作ってみるとそうでもないらしい。私の試作の鞄はわざとマチをなくしたのだが、それでも中の空間は広くなっていた。

ただ、鞄の口の大きさは見た目と同じ大きさにしかならない。

なので、マチを薄くして口のサイズはそのままにデザインを描き直す。

イリーネとティアナのヒップバッグは、体のくぼみに沿うように横から見ると三角になるような形にする。これなら口は横長で広くなるので、アイテムを取り出すのも楽だろう。

マリウスのホルスターバッグは腰から太股《ふともも》にかけて、沿うようにする。体の片側につける分、鞄は縦長になってしまうが、バッグの口のサイドを蛇腹《じゃばら》にすることで、開けた時に口が開きやすいようにしようと思う。

この上で必要になってくるのは、拡大率をさらに上げること。

私が使うのなら、ポシェットの三倍の大きさの容量で十分便利だが、冒険者の三人にはそれでは足りないだろう。

鞄が小さくなったからといって、元々持っていた鞄と持てる量が変わらないというのは微妙だ。

そのため、もっと強い効果を付与する必要がある。

「効果を強くするとなったら、刺繍の範囲を広げるか、素材をもっといい物にするかだよね……」


『効果を上げる場合はその方法が有効です』


私の独り言に特殊スキル・製作者の贈り物《クリエイターズギフト》が答えてくれる。

ただ、手芸用品ならともかく、こちらの世界特有の素材知識に乏しい私の手札はそう多くない。

「ひとまず月ツユクサの露を染みこませた刺繍糸を使えば、確実に効果は強くなるからそれでいこうかな」

私は月ツユクサの露を染みこませてある刺繍糸を準備する。効果の強いミサンガを作る時に使っているので、ある程度ストックしているのだ。

しかし、在庫がそんなに多いわけではない。現在、月ツユクサの露の入手が困難なため、慎重に使っている。

ダンジョンの出現もあって、冒険者であっても月ツユクサの群生地に易々《やすやす》とは行けなくなった。

以前、私がマリウスと一緒に採取に行った時にもダンジョンの影響の片鱗《へんりん》なのか、はぐれサンドジャッカル数匹と遭遇した。そんな場所だ。今はダンジョンの影響でどんな魔物がいるのかも不明である。

それに、今のアインスバッハには、依頼を出しても受けてくれる冒険者はいないだろう。ダンジョンの影響で町の外で活動する必要がある依頼は相場が変わってしまっている。

月ツユクサの露は中級ポーションの素材でもあるので需要が高いアイテムだということもあり、もしも今依頼をしたらいくらかかるのか……。

ダンジョン攻略が進んで新しい素材が手に入るようになったら、月ツユクサの露のようなものがあればいいいなぁ。

そしたら、偵察隊の面々の服もグレードアップできるようになるし！

ただ、今はそう言っても仕方がないので、できうる限りの方法で最大限の効果を付与した鞄を作るんだ！

順番は多少前後するが、形がおそろいのイリーネとティアナの鞄の生地を裁断し、鞄の形に縫い合わせていく。

マリウスのも続けて作っていく。

この時に効果を付与しないように気を付けなければならないのだが、試作の時はひたすら「効果を付与しない～」と心の中で唱えるように縫っていた。

しかし、これは結構効率が悪い。「付与しない」というのがあまり良くないっぽいのだ。

あくまで私の感覚の問題なんだけどね。

こういうことは製作者の贈り物《クリエイターズギフト》はピンとこないらしくて助言は期待できないので、私がいいように考えるしかない。

製作者の贈り物《クリエイターズギフト》はイエスかノーかの二択であれば答えてくれる。

そこで、私は考えた末に「効果を付与しない」ではなく、「効果を付与する器を作る」というイメージに変更した。

これがどうやら最適解っぽくて、製作者の贈り物《クリエイターズギフト》からも『付与効率が上昇します』という答えが返ってきた。

試作の時は、鞄を作りながらも気を抜くと『効果が付与されそうです』とたびたび注意が入っていたが、「効果を付与する器を作る」というイメージにした途端、それもなくなった。

ほんの少しの考えの差で変わる特殊スキルっていうのは、とてもデリケートなんだなと再認識した。

そうして、製作に丸三日をかけ。

「できたー！」

私はバキバキに凝った肩を伸ばすように、両手を大きく伸ばす。

目の前の作業台には出来上がったイリーネ、ティアナ、マリウスの鞄が並んでいた。

「わ〜！　ミナお姉ちゃん、お疲れ様ー！」

「エルナも手伝ってくれてありがとうね！」

鞄作りに集中するため、いろいろな雑務をしてくれたエルナにも感謝だ。端布《はぎれ》や糸くずの掃除や、飲み物の補充などをしてくれただけでも大助かりだった。

そんなエルナは出来上がった鞄をキラキラとした目で見つめている。触っていいと言うと嬉しそうに刺繍を撫でている。

私の刺繍の腕も今回の鞄作りで上がった。

こちらの世界に来て不思議なのは、通常スキルが上がるとそれに比例して技術もちゃんと上がるのだ。

今、私の通常スキルは

編み物　レベル5

縫い物　レベル4

そして、刺繍をしたことによって、縫い物スキルから派生した

刺繍　レベル2

というスキルがいつの間にかできていた。これによって刺繍の腕が上昇したようだ。

未だによくわからないスキルシステムに若干の不気味さはあるものの、悪いことではないのでポジティブに受け入れようと思う。

そのおかげもあって注文の鞄も無事出来上がったことだしね。

そんなことを考えていると、玄関の方から騒がしい声が聞こえてくる。偵察隊のみんなが帰ってきたようだ。

鞄の完成を待ち望んでいた三人のリアクションに期待をしながら、私は彼らを出迎えに玄関へ向かった。

第十九話　鞄の受け渡しと次なるステップ

「おかえりなさい！」

私が玄関に顔を出しながらそう言うと、中に入る途中だった偵察隊の面々は少し驚いた顔をしてからすぐに「ただいま」と返してくれる。

「出迎えてくれるなんてどうしたの？」

ティアナの言葉に私はにんまりと口角を上げた。

「鞄が完成したんだ～！」

ちょっと得意げにそう言うと、ティアナは一瞬きょとんとした後で、すぐにぱあっと明るい表情になった。

「わ～！　やったぁ～！」

喜ぶティアナの声に、彼女の後ろから「なになに？」と声が聞こえてくる。

「鞄できたんだってー！」

私よりも先にティアナが言うと、「本当か！　俺のは⁉」というマリウスの声が聞こえてきた後で、本人が中に入ってきた。

私は笑いながら「三人の分ができたんだよ」と教える。

「待ってた！」

いつの間にか室内に入っていたイリーネも、いつもよりはっきりとした表情でずんずんと応接間の方へ進んでいく。

本来ならイリーネの鞄を一番に作るはずだった。

いや、完成させたのはイリーネの物が一番早かったが、説明を一気にした方が時間短縮になるので、渡すのは三人一緒にさせてもらった。だから、イリーネの鞄は先に完成していたけれど、我慢してもらっていたのだ。

鞄の出来上がりを楽しみにしてくれていた三人の期待が嬉しい反面、プレッシャーでもある。

気に入ってくれたらいいんだけど……。

そう思いながら、我先にと応接間に入っていった三人を追うように私も戻る。

その後から、微笑ましげな目をしているディートリヒとシルヴィオがやってきた。

三人が応接間のソファに座ったところで私は作業をしているダイニングに鞄を取りに行く。

「ミナお姉ちゃん、鞄を渡すの？」

自分の課題に取り組んでいたエルナは騒がしくなった応接間に偵察隊が帰ってきたのを察したらしい。

「そうだよ」

「エルナも見ててもいい？」

「もちろん！」

私が答えると、エルナは嬉しそうな顔をする。

エルナはタイミングが悪く、完成した服やアイテムの引き渡しになかなか立ち会えないでいた。

今日は偵察隊の帰りが割と早いこともあり、エルナはまだ帰る前。いいタイミングだった。

マリウスの鞄をエルナに持ってもらい、私はイリーネとティアナの鞄を手に応接間に向かう。

応接間のソファに座る三人は私とエルナが持ってきたものを見て、目を輝かせた。

「ミナ、早く早く～！」

待ちきれないらしいティアナに急《せ》かされるように私とエルナはテーブルに鞄を置いた。

「まずイリーネさんの鞄から説明しますね」

私は持ってきた鞄の一つをイリーネに差し出した。

イリーネとティアナ、おそろいの鞄はヒップバッグだ。イリーネに向けての説明は、すなわちティアナも同様なのだが、彼女たちがじゃんけんで決めた製作順に則《のっと》って話すことにする。

「動きが阻害されず、さらに中身を取り出しやすくということだったので、ヒップバッグ——腰につける形の鞄にしました。鞄の形も体に沿うように側面から見るとマチが小さい逆三角の形状なのが特徴ですね。ベルト式なのでサイズ調整はできますが念のためつけてみてもらってもいいですか？」

「わかった」

イリーネはソファから立ち上がると鞄を腰に当てる。これまで使っていた鞄はリュックだったので多少手間取っていたが、無事につけることができた。

「おおー！　いいね！」

イリーネが鞄をつけた姿を見てティアナが褒《ほ》めるように言った。

それに少し嬉しそうにしながら、イリーネは首を後ろに捻《ひね》り、腰にある鞄を見ている。

「つけた感じも大丈夫そうですね」

「うん！　体にぴったりしてる」

つけ心地は良さそうだ。

「中も見てみてください」

私が勧《すす》めると、イリーネは背中側にあった鞄を体の右に回して、鞄を開ける。今回三人に作った鞄はどれもフラップトップと呼ばれる蓋布が開口部を覆うように付いている。

こちらの世界には、ファスナーやスナップボタンがないので、ベルト二ヶ所で蓋を留めている。

それを外して蓋を開けたイリーネは鞄に手を入れた。

「……!!」

イリーネはびっくりしたように大きく目を見開くと、一度手を鞄から抜いて、右腰にあった鞄を回して体の正面に持ってくる。

そして、上から覗き込みながらもう一度手を入れた。

「すごい……！　広い……！」

イリーネが感動したように呟く。

私は彼女の反応に口元が緩む。驚いてもらえて嬉しい。

「この前作った試作品より容量拡大の効果が強くなってるんです！　詳しい効果は冒険者カードを見てもらってもいいですか？」

「わかった」

イリーネは気になるのか即座に冒険者カードを取り出す。他の面々も効果の内容が気になるのか、イリーネにじっと視線が集まっている。

「……容量拡大、七倍増……⁉」

「「七倍⁉」」

ティアナとマリウスが声を揃えて同時にソファから立ち上がる。

「いろいろ工夫した結果、どうにかこの数字までできました！」

私はちょっとだけ得意げに言った。

鞄の成型をする段階でのイメージを変え、さらに刺繍糸をより付与効果の高いものにしたことで、効果の強さを引き上げることができた。

ただ、月ツユクサの露の在庫が限られているので、付与効果の高い刺繍糸を使ったのは容量拡大の部分だけになってしまった。

でもイメージを変えたことで他二つの効果も微増はしている。

『重量軽減』が三割から四割、『状態保存　時間経過率』が七割から六割、と若干引き上がっているのだ。

イリーネの鞄と他の二人の鞄は同じ効果になっているので、そのことを教えるとティアナとマリウスは「おおー！」と喜びの声を上げていた。

「容量拡大の効果に比べて、重量軽減の効果はそこまでじゃないので、もし鞄が重くて腰に下げられない時は、こんな感じで肩から斜めにかけるようにすれば便利だと思いますよ」

私は、ティアナの鞄を借り、ボディバッグのように体に対して斜めになるように肩からかけて見せる。

マリウスの鞄も腰につけるホルスターバッグなので、同じようにできる。

それを言うと、三人ともなるほどと言うように頷いた。

マリウス、ティアナにも重複した説明は省きながら、鞄を身につけてもらい、出来を確認する。

三人とも鞄をつけて嬉しそうにしているので、満足してくれているように思う。

気に入ってもらえて本当に良かった。

興奮冷めやらない三人を微笑ましく眺めていると、シルヴィオが「ミナ」と話しかけてくる。

「三人の鞄代金は俺が代わりにギルドに請求しておく」

「お願いします」

「それで、鞄の金額だが……」

「あー……」

正直なところ、効果付きの鞄の相場がわからない。

でも自分なりに考えてみよう。

付与効果の価値が、高級ブランドのバッグと同等くらいの価値になると置き換えてみる。ブランドによるが、数万から数十万という感じなのかな……？

それを踏まえて、シルヴィオに相談してみる。

「えっと、千マルカから五千マルカくらいかなって考えてるんですけど、どうですか……？」

千マルカは元の世界ではおよそ十万円にあたる。

シルヴィオは私の考えを聞き、少し考えてから口を開く。

「容量拡大の効果の強さと、さらに二つ効果が付与されていることを加味すると五千マルカでも高くはないな。個別の注文であればさらに高くてもおかしくはないだろう」

「ゼクスベルクなら即売れるだろうね～」

シルヴィオの言葉にディートリヒが同意するように言った。

五千マルカは私の中でも結構強気な感じで言ってみたんだけど……。

予想した以上の価値に私は少し戸惑ってしまう。

それは私だけじゃなく、さっきまできゃっきゃと喜んでいた鞄の持ち主になる三人も驚いたようだ。

「五千……!?」と愕然《がくぜん》とした声で呟いているのが聞こえてくる。

「どうせ冒険者ギルドが払ってくれるんだし、ふっかけたらいいよ〜」

ディートリヒはにこにこしながらそんなことを言うので、私は慌てて両手を振った。

「いやいやいや、ただでさえダンジョン攻略で大変なのにそれは……」

タダでというのはさすがに無理だが、ふっかけるなんてぼったくりのようで本意ではない。

シルヴィオも同じ考えらしく、ディートリヒを呆れたように一瞥《いちべつ》して「五千マルカが妥当だな」と呟く。

「では、それでお願いします」

「了解した」

シルヴィオが請け負ってくれて私はホッとする。

容量拡大鞄を納品し、代金もシルヴィオが請求してくれる。

ここ最近集中して取り組んでいた物が無事、お客様の手に渡ったことで私の仕事が完了したのだ。

シルヴィオは「さて」と言って、鞄を手に入れた三人に視線を向ける。

「これで全員容量拡大効果のある鞄を持ったところで、いよいよダンジョンの入口をこじ開ける」

その一言で偵察隊の空気がピリッと締まった。

鞄の付与効果と価格の高額さに一喜一憂《いっきいちゆう》していた三人も真剣な表情になった。

「明日はアイテムの準備をして、明後日からダンジョンの入口のポイズンビーの掃討をする。その心づもりをしておくように」

シルヴィオの言葉に偵察隊の全員がしっかりと頷いた。

第二十話　入口に巣くう魔物討伐

夜が明けていないうちに、俺たちはアインスバッハを出発する。

今日はいよいよダンジョンの入口に巣くっている魔物を討伐するのだ。

ミナがマリウス、イリーネ、ティアナに作っていた鞄が一昨日完成したことで、今日こうして掃討に乗り出すことができる。

なにしろダンジョンの入口で待ち構えている魔物・ポイズンビーは討伐するのに大量のアイテムが必要だ。

ポイズンビーは巣を形成し、大量に出てくるのが特徴。倒すには一網打尽《いちもうだじん》にするしかない。

そのために必要なアイテムを各々鞄いっぱいに持ち、さらには俺、マリウス、ディートリヒ、イリーネは長方形の盾《たて》を持っていた。

盾も掃討作戦で使うのだが、これは鞄には入り切らないので、それぞれ担《かつ》いでいくのだ。

南門を出て、魔物に注意しながら進む。一昨日までにこのあたりの魔物をあらかた討伐したので、足を止めるほどの魔物とは遭遇せずに済んだ。

そして、ダンジョンが見えた頃、遠くの山の空が徐々《じょじょ》に明るくなってきていた。

俺たちはダンジョンから少し距離がある安全な場所で足を止め、事前に打ち合わせしていた通りに準備をする。

まず、口元を布で覆う。これはポイズンビーを倒すために使う毒を吸い込まないようにするためのものだ。

さらに手袋をして、手も保護する。

これから倒すのはポイズンビーという名の通り、毒を持っている魔物だ。しかし、意外にも弱点は別の魔物の毒なのだ。

全員が口と手を覆ったのを確認すると、俺は手で合図する。

ここからは気付かれないようにダンジョンの入口に近づくことになる。

昼行性であるポイズンビー。

夜は動きが鈍くなるので、日が出る前が勝負なのだ。

ダンジョンの入口は、まるで地面にぽっかり空いた穴だ。八十センチ四方くらいの大きさだろうか。人一人どうにか通れる程度のものだった。

耳を澄ませると中から時折羽音が聞こえる。ただ、そこまで活発ではなく、途切れ途切れなので、まだポイズンビーは活動していないようだ。

俺たちはダンジョンの入口の穴を取り囲むように立ち、盾は一度地面に置いて、それぞれに配っていた必要なアイテムを手に持った。

取り出したのは丸いガラス瓶《びん》だ。中には薄青色の粉末がぎっしり詰まっている。

これはポイズンバットの毒を粉末状にしたものだ。ポイズンビーとポイズンバットはお互いが天敵。どちらも毒を持った魔物で、互いの毒に弱いのだ。

とはいっても、それを利用するのもそう簡単ではない。その毒は人間にも有効のため、取り扱いにはかなり注意が必要だ。

ポイズンビーの群れは数が多く、大群で攻撃してくる。倒すのであればその群れを一斉に倒さなければたちまち反撃されてしまう。

巣を一気に根絶やしにするのが定石《じょうせき》なのだ。

両手にポイズンバットの毒の瓶を持ったところで、俺は全員の目を見る。準備はいいかと言うように視線を合わせると、それぞれから小さく頷きが返ってくる。

俺は一つ深呼吸をする。

そして――

「投げろ！」

俺の声で、全員が穴に向かってガラス瓶を投げ入れる。

ガラスの割れる音が聞こえたので、中ではポイズンバットの毒粉があたりに広がっていることだろう。

ただ、それだけだと中に十分に充満しない。

そのため、ディートリヒが風魔法を穴の中に向かって放つ。ディートリヒの風魔法に攻撃力はないが、それでも強風程度の威力がある。

今回の作戦にはうってつけだ。

俺を含めた四人は、とにかく持ってきたガラス瓶を中に投げ入れていく。ポイズンビーの群れの規模がわからないため、念には念を入れ、相当な数の毒粉を用意した。

討ち漏らしが一番やっかいだからな。

ガラスの割れる音に混じり、ポイズンビーが逃げ惑う羽音が聞こえる。

中は毒粉が充満して酷《ひど》い有様だろう。

毒で目覚めたポイズンビーは逃げ惑いながら、おそらく外に出ようとしてくる。その前にこの穴を塞《ふさ》がなければならない。

どんどん近づいてくる羽音に俺は投げ入れる手を止め「塞ぐぞ！」と次なる指示を出す。

地面に置いていた盾を穴の上に隙間なく重ねようとした時だった。

ブゥン、という音が大きく聞こえたと思ったら、盾と盾の間から一匹のポイズンビーが外に飛び出したのだ。

毒が効いているのか、そのポイズンビーはふらふらとしながらも、俺たちに気付いたらしい。

尻にある毒針で攻撃しようと体をくの字にして襲いかかってきた。

「俺がやる！」

真っ先に反応したのはマリウスだった。俺は今度こそ隙間がないように穴を盾で塞ぎながら、マリウスが討ち漏らした時のために、剣に手をかけた。

しかし、それは杞憂《きゆう》だった。

毒が効いて通常よりも動きが鈍いこともあったのだろう。マリウスは向かってくるポイズンンビーを躱し、ショートソードで両断した。

二つに分かれたポイズンビーは地に落ち、やがて毒針だけを残して消えた。

「マリウス、ナイスー！」

ティアナが投擲《とうてき》しようと構えていたナイフから手を離し、マリウスに声をかける。

次の瞬間、マリウスと目が合ったので、俺が小さく頷くと嬉しそうに口角を上げげた。


穴を盾で塞いだまましばらく待つ。

はじめは外に出ようと盾に向かって当たってくる手応えがあった。盾が押し返されないようにしっかりと上から押さえつける。

それも次第になくなり、さらに騒がしかった羽音が小さくなり、ついに止《や》んだ。

「全滅したかな？」

ディートリヒの言葉に俺が「おそらくは」と答えると、他の三人の空気が緩む。

しかし、念には念だ。

盾を一ヶ所だけ慎重に外すと、ダメ押しのようにいくつかの毒粉のガラス瓶を中に投げる。

ディートリヒにまた風魔法で中の空気をさらに奥まで押し込んでもらうと、かすかに羽音が聞こえた。

まだ息のあるものがいたらしい。

再び盾で塞ぐとそれが聞こえなくなるまで待った。

「今度こそいいだろう」

俺が言うと、マリウス、イリーネ、ティアナの三人はふぅ～と息を吐いた。

「これだけアイテム投げたのはじめてだよ、私……」

「いっぱいだったのがすっからかん……」

ティアナとイリーネは鞄の中を見て、しみじみと呟く。

ミナが作ったばかりの容量拡大の鞄には、町を出る際には毒粉のガラス瓶がいっぱいに詰まっていたのだ。

むしろそれほど大量の毒粉がポイズンビー討伐には必要だった。

なので、ミナが作った鞄が大助かりだったのだ。

もしミナの鞄がなければ、盾を担ぎながら大量の毒粉も手で運ぶ必要があった。しかし、投げ入れることで割れるガラス瓶を持ち運ぶのはかなりリスクがある。

なにしろ中に入っているのは毒粉だ。

鞄の中ならば、万が一ガラス瓶が壊れても被害は最小限で済む。

割れないように布で保護をしたおかげで、道中割れたものはなかったようだ。

「シルヴィオさん、この針って拾っても大丈夫ですか？」

マリウスが自分が倒したポイズンビーが残していった毒針を指して聞いてくる。

「ああ、拾っておけ。ポイズンビーの毒は使い道が広いからな」

「おおー！」

マリウスは嬉しそうに毒針を拾い上げる。そのまま鞄に入れるのは危ないが、俺に言われずとも布に包んでから鞄にしまっていた。

「シルヴィオー、そろそろ盾どけてもいいんじゃない？」

「そうだな」

ディートリヒの言葉に俺は頷いた。

「え、塞いでなくて大丈夫なんですか……？」

ティアナが不安そうに口にする。

「ずっと塞いでいたら、毒粉が充満したままで俺たちも入れないからな」

「……そっか、たしかに」

ポイズンビーを倒したら毒粉はもう不要だ。おそらく中にはポイズンビーの残した毒針がたくさん落ちているだろうが、それも毒粉が晴れなければ取りにも行けないのだ。

時間が経ち、空気が循環すれば毒粉の効果は消える。

それまではしばらく休憩《きゅうけい》を取ることにする。

盾を穴からどかすと、俺たちはダンジョンの入口を離れ、安全な場所に移動する。

あたりはすっかり明るくなり、朝を迎えていた。

第二十一話　集いはじめる冒険者

採寸をして、その後パターンをおこすのをエルナに教えているうちに、時間はあっという間に過ぎた。

窓から差し込む日が茜《あかね》色になった頃、ガヤガヤとした声が玄関先から聞こえてきた。

「ただいま、ミナ～」

そう言いながら応接間に入ってきたティアナがぐったりとソファに座り込む。その隣には静かに「ただいま」と呟いたイリーネも腰を下ろした。こちらも力ない様子でぼんやりとした顔をしている。

その後でマリウス、シルヴィオ、ディートリヒの男性三人がやってきた。

「おかえりなさい」

声をかけると三人にも疲労が見えた。

「大丈夫？　ダンジョンの入口を開通させるって話だったけど……」

「それは無事にできたんだけどね……予想以上に魔物が詰まってたっていうか」

ディートリヒがうんざりしたような声音《こわね》で言う。

とりあえず全員が椅子に腰を落ち着けたところで、話を聞くことにした。

「それで、どうだったの？　ダンジョンの入口は開けることができたんだよね……？」

「ああ、やっかいなポイズンビーの討伐までは問題なくいったんだが……」

シルヴィオがやや疲れた表情で話し出す。あとを続けたのはディートリヒだ。

「散布した毒が収まったところで中に入ったんだけど、そしたらびっくりなことにスライムまみれでさぁ～……」

「え？　スライム？」

聞き慣れた魔物の名前に私は首を傾げる。

スライムは弱い魔物だ。運動音痴で戦闘力がほぼゼロに近い私でも倒せるいわば雑魚《ざこ》。それなのになぜみんなはこんなに疲れているのかと私は不思議に思った。

私のリアクションにマリウスはため息を吐く。

「話だけじゃそうなるよな……。数が尋常《じんじょう》じゃなかったんだよ。ダンジョンの床が見えないくらいいたんだから……」

「思い出すとぞわぞわする！　気持ち悪っ！」

ティアナが自分の肩を抱きしめて体を震わせる。

たしかに地面が見えないくらいの量のスライム、というのをちょっと想像すると私も鳥肌《とりはだ》が立ってくる。

簡単に倒せるスライムでもそんなに大量にいたら大変だ。

でも、私はあれ？　と首を傾げる。

「はじめのポイズンビーだっけ？　それに使った毒はスライムには効かなかったの？」

「あー、ミナは知らないのか。スライムには毒とか魔法とかの攻撃は効かないんだよ」

「え、そうなの⁉」

ティアナの言葉に私は驚く。あんなに弱いのに、毒が効かないとは思いもしなかった。

「だから、直接攻撃して倒すしかなくて。次から次へと湧いてくるから、それを倒し続けないと入口の固定作業もできないし……。スライム一生分倒した気がする……」

マリウスはそう言って、ソファに沈み込んだ。

事前に聞いていた今日の計画は主に二つ。

ダンジョンの入口に巣くっているポイズンビーの討伐。そして、その後の入口の固定だ。

固定というのは、人が通れる大きさに入口を拡張し、崩れてこないようにするというもの。

簡単な土木作業だ。

しっかりしたものは後日、ギルドで手配した職人がしてくれるから、今回はあくまで簡易的なものでいいらしい。

しかし、次から次へと湧いてくるスライムがいたら作業ができない。

弓を使うティアナと、魔法使いのディートリヒが入口の固定作業をして、マリウス、イリーネ、シルヴィオの三人は作業の邪魔にならないようにひたすらスライムを狩っていたようだ。

「なんていうか……、お疲れ様」

作業を進めるため仕方ないとはいえ、スライムを狩り続けるのは大変だっただろう。

しかも、スライムを倒してもほぼお金にならない。お小遣い集めのために、子供が狩るような魔物なのだ。

「スライムを倒さないとせっかく倒したポイズンビーの討伐証も拾えなかったし。ここまでスライムがやっかいと思ったのははじめてだよ……」

マリウスがげんなりとした声で言った。

毒で倒したポイズンビーは、天井に張り付くようにできていた巣から討伐証となって地に落ちた。

ポイズンビーの毒針。

中に毒液が入った針で、ポイズンビーの毒はいろいろなものに加工できるため、かなり貴重なアイテムだ。

ただ、落ちた先が悪かった。

地面にいたのはスライムの群れ。

独特の弾力あるスライムの体のおかげでポイズンビーの毒針が破損しなかったことは良かったが、そのスライムをどうにかしないことにはせっかくのアイテムを拾えない。

しかも、固定作業の邪魔をしてくる。

偵察隊はスライムを倒すという選択しかできなかったのである。

ギルドから別料金で依頼料をもらっていたからいいが、普段ならタダ働きに近いスライムの討伐を請け負う冒険者はいない。

体力面でも精神面でも疲労した一日だったようだ。

「イリーネ、ここで寝ちゃダメだって」

「眠い……」

朝も早かったし、疲れ過ぎたイリーネはソファに沈み込んだまま眠りそうになっている。ガクガクと揺り動かすティアナのおかげでどうにか重そうなまぶたを持ち上げた。

「早くご飯食べてみんな休んだ方がいいですよ。私もエルナを送って行きたいので宿屋アンゼルマに行きましょう」

偵察隊の面々はのっそりとソファから立ち上がる。

私の言葉に、空腹を意識したのか、至る所からお腹の鳴る音が聞こえた。


宿屋アンゼルマに到着すると、賑やかな声が聞こえてきた。

宿の外にまで漏れ聞こえる活気ある声に、私たちは顔を見合わせる。

何かあったのかと思いつつ、中に入るとそこにはエアハルトとユッテの他に数人の冒険者らしき人たちがいて、同じテーブルを囲んでいた。

「いらっしゃい、ってあんたたちか。今日もお疲れ様」

アンゼルマがやってきた私たちを迎え入れる。その声に、盛り上がりの輪の中にいたエアハルトがこちらに気付いた。

「おお、偵察隊のメンバーじゃないか！　紹介したいからこっちに混ざらないか？」

エアハルトの声に、テーブルを囲んでいた他の冒険者たちも視線を向けてくる。

エアハルトとユッテの他に、男性二人に女性一人がいて、好奇心を覗かせた眼差《まなざ》しでこちらを見ている。

人数が人数だけに、同じテーブルを囲むのは難しいので、隣のテーブルに私たちは着席する。

ダンジョンができて以来、ここまで賑やかなのは久しぶりだからか、アンゼルマが上機嫌で料理を運んできた。

料理を食べながらエアハルトの言葉に耳を傾ける。

どうやら一緒にいるのは、エアハルトたちのパーティーメンバーらしい。今日、この町に到着して合流したようだ。

紹介してくれたパーティーメンバーは、女性がイルザ、男性がトビアス、エーミールというらしい。

パーティーリーダーであるエアハルトに似て、みんな気さくで明るい人柄っぽい印象だ。

ご飯を食べると偵察隊のメンバーは元気を取り戻したのか、自然とエアハルトたちのパーティーメンバーと交流する流れになった。

今日、ダンジョンの入口が開通したこともあり、シルヴィオとエアハルトが今後のことを話し合いはじめると、席も入り交じり、情報交換が始まった。

それを私はぼーっと眺める。

冒険者ではないから、混ざるのも気が引ける。

今日取りかかった自分の服に何の効果を付与しようかな、と考えていると私の隣の椅子が引かれた。

そちらを見上げると、ふんわりしたアッシュブロンドの髪の男性だ。彼はにこりと笑って言った。

「隣いい？」

「あ、はい、どうぞ……」

私が頷くと彼は隣の席に腰を下ろした。

「えっと、たしかトビアスさん、でしたよね……？」

エアハルトの紹介を思い出して私は話しかける。

「そうだよ、よろしく。君はミナちゃん、でよかったかな？」

「はい、そうです」

口下手《くちべた》なシルヴィオに代わって、ディートリヒがさらっとした紹介を覚えていたらしい。

でも、なぜ冒険者でもない私の隣にわざわざ来たのだろう？

そう思っていたのが顔に出ていたのか、トビアスがふっと笑う。

「僕は君に興味があってね」

「私、ですか？」

「そう。ちらっと聞いたけど冒険者向けの服を作ってるんだって？　あと、冒険者ギルドでミサンガっていうはじめて見る回復アイテムを見つけてね。それってミナちゃんが作ってるんでしょ？」

「はい、私ですね。今は売店に並んでるんですよね」

品薄になっていたミサンガもようやくある程度の在庫になったようだ。冒険者ギルドの方でも念のための備えとして確保しておくといっていたが、その数には達したからか、売店の方に並べられるようになったのだと思う。

「さっそく買ってみた」

そういってトビアスは腕を見せてくる。そこには私が作ったミサンガが付いていた。

「それはお買い上げありがとうございます」

「いやいや、かなりお得だったし、こちらこそ回復アイテムは欠かせないからありがたいよ。ちなみに他には何を作ってるの？」

「他ですか？　メインは服ですね。オーダーになるので時間がかかっちゃいますけど……。あとは最近鞄を作りましたね。容量拡大の効果があるやつです。あの三人がつけてるのがそれですよ」

私は鞄をつけているマリウスとティアナ、イリーネを示した。

まだおろしたての鞄だが、今日から十二分に活用されている。製作者冥利《みょうり》に尽きるというものだ。

「は？　容量拡大……!?」

「はい、そうですけど」

三人からトビアスに視線を向けると、彼はぎょっと目を見開いていた。

「……え、君、そんなものも作れるのか!?」

「ま、まあ、はい……」

静かに、でも明らかに驚愕した様子のトビアスに私は顔を引きつらせる。

そんなに驚くことだったのだろうか……？

「それじゃあ、服にも効果が付いてるってことかい？」

「そうですね……防御《ぼうぎょ》とか回避とか、そこは依頼者と相談してですけど……あの、そんなにおかしいことですかね……？」

偵察隊の人たちにも冒険者ギルドの人たちにも普通に受け入れられてたから、そんなに驚かれることだとは思っていなかったので、トビアスのリアクションに戸惑う。

「おかしいだって？　おかしいのはアインスバッハにそんなスキルを持った人がいることだよ！

いや、ダンジョンの今後のことを考えたらそれはそれでありだな。むしろあってしかるべきだったのかもしれないな。うん」

「は、はぁ……」

自分の世界に入っているのか、ブツブツ呟くトビアスに私はどうしようと思う。

そんな私たちの様子を察したのか、他の人たちがなんだなんだとこちらに寄ってきた。

「おい、トビアス、どうしたんだよ？」

エアハルトが様子のおかしいトビアスに声をかけると、トビアスは勢いよく顔を上げた。

「エアハルト！　ここに容量拡大の鞄を作れる職人がいるぞ！　しかも服にも効果付与できると言うし！」

トビアスの言葉を聞いたエアハルトたちパーティーメンバーは一瞬きょとんとした顔になった。

しかし、次の瞬間、声を揃えて「は？」と言う。

「え、まじかよ」

「ミナちゃんってそんなすごい人だったの⁉」

「いいな！　私の服も作ってほしい！」

堰《せき》を切ったように私の方にエアハルトたちが迫ってくる。

「え、え、ちょっと……！」

急に色めき立った彼らに私は動揺する。

隅《すみ》っこにいたはずがまさかこんな状況になるとは思わなくて、私は視界に入ったシルヴィオに助けを求める視線を送った。

第二十二話　今のうちにやっておくこと

私の必死な思いが伝わったのか、シルヴィオは騒ぐエアハルトたちを一瞥する。

「エアハルトにはこの前話しただろ」

よく通るシルヴィオの声は、それほど大きくないがしっかりとエアハルトに聞こえたらしい。

エアハルトは記憶を探るように顎《あご》に手を当て、片眉《かたまゆ》を上げる。

「そんなこと言ったか？」

「ミナが冒険者の服を作ってるとも、今は鞄を作ってるとも言った」

「……それでわかるかっ！　まさか効果付きだとは思わないだろ！　しかも作った相手は新人だしよ」

「だが、偵察隊のメンバーだ。冒険者歴と実力が必ずしも等しいわけじゃない。そもそもダンジョン偵察のために作っていたんだ。察しろ」

「……あー！　まったくお前ってやつは……！」

シルヴィオの物言いに思うところがあるのか、エアハルトは少し苛立《いらだ》たしげに頭を掻《か》く。

私が効果の付いた服や鞄を作れることを直接は言っていないものの、冒険者ならば察しろというのがシルヴィオの主張らしい。

乱暴だけど、思い返せば繋《つな》がらなくもないその言葉に、エアハルトも強く言えないようだ。

すると、エアハルトのパーティーメンバーは、エアハルトに向かってじとっとした視線を向ける。

「これはエアハルトが悪い」

「俺か⁉」

「先にアインスバッハに来てたんだから、そういう情報を集めるのもエアハルトの仕事！」

「そうだそうだ」

後から町にやってきた三人にエアハルトは批難される。

ただ、それも冗談めかした声音のため、エアハルトはすねたような顔で「ちぇー」と肩を竦めた。

パーティーリーダーだけど、いじられ役でもあるのだろう。エアハルトのリアクションに場の空気が和《やわ》らいだ。

おかげで私に迫っていた人たちの勢いはなくなり、ホッと息を吐いた。

直接ではないものの、結果的にシルヴィオは助けてくれたようだ。

ちらりと彼を見ると、目が合う。私はお礼も込めて目礼すると小さく頷きが返ってきた。

わいわい騒ぐ食堂の中、他の人には気付かれないさりげないアイコンタクトのやりとり。

秘密を共有しているようなその一瞬が、私にはとても嬉しくて、にやけそうになる口元をうつむいて隠した。

それから間もなくして、その場はお開きになった。

「ミナちゃん、今度服頼みに行くからね」

ユッテとイルザは、ティアナとイリーネの服を見て、さらに二人からも付与効果の話を聞いて、私の作る服を気に入ってくれたらしい。私に服のオーダーをしたいと言ってくれた。

「ミサンガはとても興味深いので、また話を聞かせてください」

トビアスはミサンガにかなり興味津々だ。彼が言うには、革や金属の腕輪に効果が付与されたものは見たことがあるが、刺繍糸で作られた腕輪に効果が付いたものを見るのははじめてらしい。

革や金属に比べ、軽く肌に馴染み、そして安いミサンガはとてもいいアイテムだと熱弁を振るった。

作った本人である私は、そこまでとは思ってなかったので「はぁ」と若干引きながら聞いていたものの、他の町で活躍していた現役の冒険者にそう言ってもらえるのは嬉しい。

「俺らも明日からは拠点を移すから宿屋アンゼルマにお世話になるのは今日で最後だし、冒険者もじわじわ移動してきてるからな。ダンジョン攻略も本格的にはじまるな」

「ああ。ダンジョンの中はまだどうなってるかわからないからな。頼りにしてる」

エアハルトの言葉にシルヴィオが返す。

宿屋アンゼルマから出るのであれば、彼らとはあまり会わなくなるかもなぁと思いながら私は彼らと別れた。

ダンジョン攻略が本格的にはじまるのであれば、冒険者向けの服やアイテムの需要が増えるだろう。

そう思った私は自分の服の完成を急いだ。

マーメイドスカートが気になるエルナのために、型紙を作りつつ説明していく。

「今回はあまりタイトにしないで、お尻の下あたりからフレアを出していこうと思って」

「タイト？　フレア？」

独特の用語にエルナは首を傾げる。服飾は専門的な用語が多い。こちらの世界ではどう言うのかわからないから、それも解説しながら続ける。

「タイトっていうのは、きついとか隙間のないってことね。ぴったりしてることを言うんだよ。こちらの世界ではあまり着ないのかもしれないけど、タイトスカートっていうスカートもあるんだ。こんな感じの」

私はデザイン帳にタイトスカートを描いてみせる。

マーメイドスカートの型紙はタイトスカートの型紙から派生させるように作るので、タイトスカートがまずどんなものかわからないとイメージしづらいだろう。

「……えっと、ズボンを一本にした感じ？」

「あはは、たしかにそうかも」

エルナなりに想像したのか、独特の言い方がおかしくて笑ってしまう。

「もう一つのフレアは？」

「フレアは広がりってこと。前にエルナが作ったスカートあるでしょ？　あれとか、私とエルナが今穿《は》いてるスカートはフレアスカート。裾《すそ》に向かって広がってるからそう呼ばれてるんだ」

「なるほど……！」

エルナが大まかに理解したところで、パターンを引いていく。

立体裁断でもいいんだけど、型紙から作る平面裁断も大事だ。パターンから出来上がるシルエットを想像することは、完成イメージからパターンを想像する訓練にもなる。

服のデザインによって向き不向きはあるけれど、片方ができて片方ができないというのは服作りの幅が狭《せば》まる。

エルナには柔軟にどちらでも作れるようになってほしい。

採寸した自分のサイズを元にパターンを引いていく。まずはタイトスカートの型紙を作る。

前身頃と後ろ身頃分の長方形を描いたら、ヒップの丸みに合わせてウエストにダーツという三角に布を詰める部分を加える。

ヒップの下に切り替え線を引くと、その位置から左右に広がるように線を延ばしていく。あまり広げすぎるとフレアスカートのようになってマーメイド感が出なくなるが、なさ過ぎてもダメだ。

適度な角度で広げ、最終的には仮縫いで補正する。

「うん、こんな感じかな」

「おお～……！」

まだ型紙を見慣れないエルナは、どれがどこに位置するかまだピンときてないと思う。けれど、やっていくうちにわかるようになるので、今はとにかくいろんなものを見ることが大事だ。

質問に答えたりしつつ型紙を完成させると、今度は布の裁断だ。

スカートはデニムのような藍《あい》色の布にした。トップスの刺繍糸にも藍色を使おうと思っているので、色の共通性を持たせようと考えた。

作ったばかりの型紙を当てて、裁断していく。

本当は本生地じゃなく、安い生地で作ってみてパターンを修正して……という工程をとるのだが、今回は自分の服だし、時間短縮のため補正ありきで実際の布を使う。

デザイン性の高いものはもちろん段階を踏んだ方がいいからケースバイケースだ。

裁断したら、縫製だ。

まずは仮縫い。

しつけ糸を使い、出来上がりの形に縫っていく。

それを試着して、サイズが合わない部分を補正していくのだ。

補正の仕方にもコツがある。今回はスカートなのでそこまで大きく直すところはないが、トップスやズボンは体に沿った部分が多く、また可動する場所も多いので補正が重要になってくる。

今回は難易度が優しい補正なので、エルナに教えるにはちょうど良かった。

裾の広がりとウエスト部分を修正したら、本縫いだ。

ここからは効果の付与を考えて特殊スキルの出番だ。

鞄作りで覚えたように、まずは効果を付与する器のイメージで縫い合わせていく。鞄よりも大きいので時間はかかったが、構造的にはそこまで難しくないので、問題なく出来上がる。

ウエストは左サイドをボタンで留めるようにしたら、最後は効果付与のための刺繍だ。

冒険者じゃない私の服なので、実用的な効果を付与しようと思ったのだが、これまで付与してきた効果はほぼ冒険者じゃなければ使わないようなものばかり。

唯一《ゆいいつ》エルナにあげたミサンガに付与されているものだけが『編み物　+1』だ。

もっとこう、生活に使えるような効果はないのかなぁ……？

うーんと唸《うな》りながらいろいろ考える。

普段着に付いてて嬉しいのはやはり汚れないということだろうか。

そしたら、防水？　でも完全防水じゃない限りは汚れちゃうし、半端《はんぱ》に防水になると今度は洗濯したときに落ちないってこともありえそう……。

だったら防塵《ぼうじん》とか？

それならいいかもしれない。

決めると私は心の中で「製作者の贈り物《クリエイターズギフト》」と呼びかける。

「防塵の効果って付与可能？」

質問をするとややあって『可能です』と返ってくる。

ちなみに防水の効果もあるかと問うとあるらしい。アウターを作るときは防水の効果を付与してレインコートみたいにしてもいいかもしれない。

日常生活にも役立ちそうな効果を製作者の贈り物《クリエイターズギフト》に聞きながらいくつかピックアップする。

真剣に見つめるエルナの視線を感じながら、私は自分の服を一刺しずつ縫い進めていった。

第二十三話　進んでいくダンジョン攻略

エアハルトのパーティーが揃った頃から、徐々にアインスバッハの町には冒険者が増えはじめていた。

以前いた冒険者の数にはまだ遠く及ばない。しかし、やってくるのはかつて多くいた新人冒険者とは一線を画すようなレベルの冒険者たちだった。

ダンジョン誕生の噂を聞きつけやってきた彼らはみな、冒険者としての野心に燃えていた。

未開の地である新しいダンジョンは可能性を秘めている。

もちろんめぼしいお宝がなにもないという可能性もあるが、それでも多少の先行者利益はあるだろう。

何より、未踏のダンジョンを自分たちの力だけで進み攻略していくということは、冒険者であるからこそ追い求められるロマンだろう。

その新たなダンジョンに偵察隊としていち早く足を踏み入れられる俺はとても幸運だ。たまたまAランク冒険者であるシルヴィオと知り合いで、なおかつアインスバッハに高ランクの冒険者がいないという消去法で選ばれたのかもしれない。

それでも、選ばれたのだ。

これをチャンスと言わずしてなんと言うのか。

さらに、ミナの存在も大きい。

ミサンガに効果の付与された服。

加えて最近作ってもらった容量拡大の鞄。

駆け出しの冒険者は手に入れることさえ難しい貴重なアイテムばかりだ。

作った本人が効果付きのアイテムを簡単に作ってしまうため、俺も最近は少し麻痺《まひ》していたが、他の町から来たエアハルトさんたちパーティーの人に言われてやっぱりすごいんだなと再認識したものだ。

正直、偵察隊に必要だからという理由で製作費用を冒険者ギルド持ちにしてもらわなければ、容量拡大の鞄は手に入れられなかったと思う。

……金額を聞いた時はびっくりしたからな……。たしかに性能を考えたら当然なんだけど。

ミナは鞄を作ったことで新しい付与の方法を編み出したらしく、それで服を作ってみたらもっといいものが作れるかもしれないと今実験しているようだ。

俺もそれで三着目を作ってほしいと考えている。

これまでの二着は、ミナの好意で作ってもらった。一着目は、出会ったときにいろいろ助けてくれたお礼。二着目もその延長だ。

ミナはほぼ材料費しか受け取ってくれない。

助けてくれて、今は護衛として住んでもらってるから、と。

どう考えても俺の方が得をしている。しすぎていると思う。

ミナは別の世界から来て、何もわからなくて困っているところを俺に拾ってもらえたと思っているけど、もう困ることなくこちらの世界で生活できている。

むしろ現状、お金には困ってない。効果を付与できる特殊スキル持ちだから、この先もそれを活かしていけば仕事に困ることもないだろう。

なのに出会った時の恩からずっとサポートしてくれている。

あきらかに俺の方が助かっている部分が多いことが少しだけ引け目に感じないこともない。

だから、早く稼げる冒険者になって、ミナが一方的にサポートするのではなく、俺を頼ってくれるようになりたいと強く思う。

そうじゃなければ、ミナに異性として意識してもらうのは難しい気がするのだ。

アインスバッハの冒険者不足やミナのアイテムのおかげで偵察隊に選ばれたのだとしても、結果を残せれば関係ない。

新しいダンジョンに最初に足を踏み入れられるメンバーにいるのだから、先行者利益をしっかりと上げたいところだ。

「最近、人増えてきたねー」

ティアナが室内にいる人の多さに呟く。

朝、偵察隊の集合場所である冒険者ギルドに立ち寄ると、中にいる冒険者の数が昨日よりも格段に増えていた。

相変わらず依頼が貼り出される掲示板の前は閑散としているが、冒険者たちは気にしていない。この町に移動してきたてなのか、受付で手続きをしたり、ダンジョンについての情報を集めたりと精力的に行動している。

彼らはダンジョンができる前にいた新人冒険者たちとはあきらかに立ち振る舞いが違う。しっかりした目的を持ち、そのために何をするべきなのか最適な行動を知っている。そんな人たちの動きだ。

そんな冒険者の動向を眺めながらティアナとイリーネと待っていると、シルヴィオとディートリヒが連れ立ってやってきた。

「全員揃ってるな」

シルヴィオが俺たちの顔を見て言った。その後ろでディートリヒが眠そうにあくびをしている。

シルヴィオはいつも通りだが、ディートリヒの気の抜けた様子に少し呆れてしまうが、それでも彼は凄腕《すごうで》魔法使いだ。魔法使いであることがそもそも特別なのに、昔は冒険者としても活動していたからか、戦い慣れている。

シルヴィオとの連携も当然うまい。

飄々《ひょうひょう》としていて、いまいち何を考えているのかよくわからないけど、彼自身の腕は確かだ。

シルヴィオも信頼してるしな。

付き合いの長さや立場もあって、シルヴィオが真っ先に頼るのはディートリヒなのだ。

それが少しだけ悔しい。

まだ俺はシルヴィオに頼られるほどの力量も実績もないから仕方ないんだけどな。

だからこそダンジョン攻略で、もっと力を付けて成長したいのだ。

「今日は昨日に引き続き、マップの作成だ」

「うぃー。今日こそ下の階に行ける場所が見つかるといいんだけど……」

シルヴィオの言葉にディートリヒが少しげんなりした顔で答える。

マップの作成とは、ダンジョン内部の地図を記録する作業だ。冒険者ギルドから借りた記憶アイテムを持って、ダンジョンの中を歩く。

今回はダンジョンの中の構造を調べるのが目的で、これは後に冒険者ギルドを通じて冒険者に開示される情報になる。

ダンジョンは、アインスバッハの冒険者ギルドの管理する場所になるのである。ダンジョンへ入るにも基本的にお金がかかるし、マップ情報もタダではない。

今はまだ整備されていないが、ダンジョンの入口をしっかりと整備したりするのにもお金がかかるし、そもそも俺たち偵察隊にも依頼料が発生している。

冒険者ギルドも営利組織なわけで、そのあたりはしっかりとした態勢で取り組んでいるようだ。

軽く打ち合わせをしながら冒険者ギルドを出る。

俺たちが偵察隊という情報をすでに掴《つか》んでいるのか、数多くの視線を感じながら出発した。


町の門からそれほど遠くない場所にあるダンジョンに着く。

そこにはエアハルトたちのパーティーが揃って俺たちを待ち構えていた。

「五人ともおはよーさん」

「エアハルト、早いな」

シルヴィオはあまり驚いた様子もなく、声をかける。

「今日から俺らも参加するからな」

「ああ、ギルドの方から聞いている」

どうやらダンジョン攻略にエアハルトたちのパーティーも参加するらしい。冒険者ギルドのマップ用記憶アイテムを持っている。

シルヴィオとエアハルトは、現在すでに踏破しているエリアを確認し、担当する方向を決める。

シルヴィオとディートリヒが言うには、ダンジョンは下の階に行くにつれて一つの階の広さが狭くなっていくらしい。横から見ると逆三角形になっているようだ。

ゆえに一番広いのが地下一階。

まずそこを調べて下の階に繋がる場所を見つけなければならない。

それと同時にダンジョンの外核を見つけることも急務だ。ダンジョンの外核を取ることで、ダンジョンから魔物があふれてくるのを止めることができる。

ダンジョンの核を取ることでダンジョンが安定する。外核は浅い階にあるので、シルヴィオたちは地下二階あたりと目星を付けていた。

ダンジョンから魔物があふれてくるのが止まれば、ダンジョン攻略もいよいよ本格化する。ダンジョンの外の魔物の脅威が減るので、ダンジョン周辺も整備できるし、周辺の環境も元の状態に近いくらいに戻るらしい。

この数日、ダンジョンの内部に入って探索をはじめたが、偵察隊の一パーティーだけでは広すぎて時間がかかりそうだと思っていた。

エアハルトのベテラン冒険者パーティーが加わってくれたことで、さらに攻略が早まりそうだと思った。

シルヴィオとエアハルトは打ち合わせを終える。

シルヴィオを先頭に、先に俺たちがダンジョンの中に進む。未知の場所に行く不安と期待、そして緊張感に俺は意識を引き締めながら、淡々と進んでいくシルヴィオの黒い背中を追った。

第二十四話　完成と切り裂かれた服

藍色の布が独特のラインを描きながらふわりと広がる。その上は、白地に色鮮やかな刺繍が施《ほどこ》されたブラウス。腰はサッシュベルトを巻き、メリハリをつけている。

「わ～！　すごい！　見たことがない服に見たことがない着方だ……！」

エルナが興奮した様子で、私の周りをぐるぐる回る。

少し前から作りはじめた自分の服が完成した。それを着てみせるとエルナは見慣れないスカートの形やサッシュとの組み合わせに目を輝かせる。

作り方は見せていたので、そこから最終的に出来上がったものを目に焼き付けているのだろう。

いろんな角度からエルナが見つめてくる。

その視線を感じながら、私は自身の冒険者カードを取り出した。

右下の丸部分に指をのせると、カードからホログラムのようなものが飛び出してくる。

私の名前などのパーソナルプロフィールに加え、私の外見をそのまま映し出している精巧な３Ｄ。

そちらを見ると、もちろん表示の３Ｄも私が今着ている新しい服と同じものを身に纏っていた。

そして、その自分の３Ｄに軽く触れる。すると、服の情報が出てくる。

ミナの服　第一セット
集中力　＋2
防塵　中
疲労軽減　小

いつもながら服にシリーズ名が付いている。

そして、付与されている効果については、狙い通りに付いた。セットで着用するとボーナスで『疲労軽減　小－』が加算され、今着ている実際の効果は『疲労軽減　小＋』になっている。

今回は鞄作りで学んだ方法を試してみた。刺繍によって効果を付与するやり方だ。

デザインをいつも以上に練らないといけないけど、これまでより強い効果を安定して付与できるメリットがある。

なにしろ、今回作った服には、効果増幅効果のある月ツユクサの露は使っていない。それなのにどの効果も割と高めの数値だ。

マリウスやティアナ、イリーネの服のように、冒険者に合わせた効果とはまた違う種類だけど、それでも製作者の贈り物《クリエイターズギフト》が言うには、汎用性がある効果は付与が難しいらしい。

今回付与した中では『疲労軽減』が割とレアなんだそうだ。

たしかにこれはどんな人でもあれば嬉しい効果だろう。冒険者向けの服に付与してもいいかもしれない。

お試しではあったが、十分に他の服にも活かせそうな出来になって良かった。

そうだ！　もしかしたらマリウスたちの服に付与している効果ももっと上げられるかもしれない！

そうしたらダンジョンの偵察ももっと楽にできるようになるかも……。

そんなことを思いながら、自分のホログラムの後ろ側もおかしくないかしっかり確認する。

不思議な感じだけど、自分を全方向からリアルタイムで確認できるのはとても便利だ。

冒険者じゃないから、使うことがそう多くない冒険者カードだけど、作って良かったと心底思う。

ひとしきり確認すると、カードから指を外し、ホログラムを消す。

すると、それまで黙っていたエルナがタイミングを見計らっていたらしく質問してくる。それに、私は一つ一つ答えていった。

「わ、もうエルナ帰らないと！」

気が付けば外は夕焼けに染まっていた。

「わぁ！　すっかり！」

私に声をかけられて、エルナは慌てて帰り支度をはじめる。

そんな時、玄関の方から慌ただしい足音が聞こえてきた。

「ミナ……！」

応接間に駆け込んできたのはマリウスだった。

「どうしたの？」

なんだかただならぬ様子のマリウスに私は目を瞬《またた》かせる。しかし、続いてやってきた人物を見て、私はぎょっとすることになった。

「え、シルヴィオさん、その服……！」

トレードマークのような黒い服。

その背中の部分がパックリと切れていた。

明らかに何かに切られないとこうはならない。

「怪我は!?」

こんな大きく切れているのであればそれなりに怪我をしたはずだ。

驚いて詰め寄る私の前に、シルヴィオは落ち着けと言わんばかりに手のひらを出した。

「怪我は大丈夫だ。薄皮一枚切れたくらいだからミサンガでもう回復している」

シルヴィオの言葉に私はホッと胸をなで下ろす。私のミサンガが怪我の回復に貢献していて良かった。

シルヴィオの言う通り、切れた服の間から見える地肌には傷はない。怪我がもう回復しているのは本当らしい。

「それにしてもこれ、どうやって……？」

そんなに強い魔物が出たんだろうか？　と不安に思いながら口に出すと、マリウスが顔を曇らせる。

「俺のせいだ。シルヴィオさん、俺をかばって……」

悔しそうにマリウスは唇《くちびる》を噛んだ。

「あれは仕方ないよ。死角だったし……」

ティアナがフォローするように言う。しかし、ディートリヒは厳しい表情を浮かべる。

「でも、代償は大きいよ。シルヴィオの装備がなくなるのはこれからのダンジョン攻略を考えると進みがグッと下がる。無理もできなくなったしね」

ディートリヒの痛烈な一言にティアナも黙った。

「……ミナ、どうにか直すことはできないか……？」

マリウスはおずおずと聞いてくる。

「うーん。直すレベルにもよるね。ただ形を戻すっていうのであれば繕《つくろ》うことはできるけど、効果もってなると難しいかも。私が作った服じゃないから……」

前にマリウスの服も魔物によって切られてしまい、それを直したことがあった。

効果は少し落ちてしまったけど、それでも私が作ったからか修繕はできた。

でも、シルヴィオの服は違う。

見た感じからして、まず私が知らない素材を使っている。どういう構造で、どういう効果を付与しているのかわからないし、そもそも元の状態を知らない。たとえわかっても元のように付与できるとは思えなかった。

がっくりとうなだれるマリウスにも当のシルヴィオにも申し訳ないが、私もスキルに関しては未知の領域すぎて、簡単にできます！　とは言えない。

「ミナ」

「はい！」

シルヴィオに急に名前を呼ばれ、私は背筋をピンと伸ばす。

「すまないが、この切れた部分を縫い合わせてもらうことはできるか？」

「それはできますけど、効果とかは……」

「効果のことは気にしなくていい。たぶん効果が消失していると思うからもうどうにもならないだろう。ひとまず着られるようにしてくれたら大丈夫だ」

「わかりました」

「それと……」

シルヴィオは私の目をじっと見つめて再び口を開いた。

「急で悪いが、代わりになる服の製作を頼めるか」

その言葉に私は息を止めた。

シルヴィオが私に服を依頼している……？

もしあったとしても彼に服を頼まれるのはまだまだ先のことだと思っていたのに、こんなに早いタイミングで依頼されるとは予想していなかった私は、急なことに戸惑った。

でも、シルヴィオに服を頼まれたという嬉しさがじわりじわりとこみ上げてくる。

「……私でいいんですか？」

つい確かめるように聞く。

「この町でミナ以上に作れる職人はいないだろう。……それとも無理か？」

「いえ！　やります！　作りたいです！」

私はシルヴィオにキッと視線を向けて言い放つ。

Aランク冒険者であるシルヴィオの服の製作。

それははじめとても素っ気《そけ》なく、私のことをまったく認めていなかったシルヴィオが、今は私を信頼して仕事を任せてくれるということだ。

そうは直接言わなくても、危険と隣り合わせである冒険者業で身を守るために重要な装備の服を任せてくれるということで十分に察せられる。

こちらの世界に来た時にはまったくわからなかったが、今ではなんとなくAランク冒険者というシルヴィオの肩書きのすごさもわかるようになった。

一流の冒険者の服を作る。

正直、私の技術はそれに満たないかもしれない。シルヴィオは私以外、この町で服を作れる人がいないから頼んだだけかもしれない。

けれど、私にとっては大きな挑戦だ。

たまたまの巡り合わせかもしれないけれど、頼まれたからには満足してもらえる服を作らなくては……！

私は高揚感に心を躍らせた。

第二十五話　無力ととり残された気持ち

「──マリウス！」

はじめて聞くようなシルヴィオの鋭い声。その後で俺の視界は黒と赤に染まった。

何が起きたのか頭が追いつかない。

黒の向こうで、イリーネが余裕のなさそうな顔で槍を振るっている。

「マリウス、動け！」

怒声《どせい》に近いディートリヒの声でハッとする。尻餅《しりもち》をついている体勢から起き上がると、ようやく周囲の状況を理解する。

俺に覆い被《かぶ》さっていた黒はシルヴィオだった。

険しい顔に気付いて背中を見ると、彼のコートはぱっくりと切り裂かれ、傷口から血が溢れていた。

「シルヴィオさん……!?」

俺が声をかけると、シルヴィオは片膝《かたひざ》をついている体勢から立ち上がる。

すぐ後ろにイリーネが討ち漏らした魔物が迫っていて、シルヴィオは振り向きざまに剣を振るう。

あっさりと倒された魔物は討伐証だけ残して消えた。

他のメンバーもその場にいた魔物を倒すと、シルヴィオは俺の方を振り向いた。

「大丈夫か？」

「俺は大丈夫ですけど……」

大丈夫じゃないのはシルヴィオの方だ。服もその下の体もざっくり切られている。

「シルヴィオ！　傷は⁉」

ディートリヒが焦りを露《あら》わに駆け寄ってくる。女子二人もその後を追ってきた。

「血は出てると思うが、薄皮一枚を切られたくらいだから酷くはないと思う。回復アイテムでなんとかなりそうだ。だが……」

シルヴィオは冒険者カードを取り出した。なぜ今カードを出したのかと不思議に思っていると、シルヴィオはいくつか操作してから「やはり」と呟く。

「服に付与されていた効果が消滅してる」

あっさりとした声音で言った。

「え、それって全然大丈夫じゃないですよね⁉」

反応の薄いシルヴィオにティアナが突っ込む。

「効果が消滅するくらいのダメージ受けたってことでしょ。とりあえず今日は引き上げよう。シルヴィオはポーション飲めよ」

「ああ」

ディートリヒがテキパキと取り仕切り、撤退の準備を進める。ティアナとイリーネは散らばった討伐証を拾い集め、シルヴィオとディートリヒはここまでのマップを記憶アイテムに残している。

俺はいろんなタイミングを逸《いっ》したまま、呆然とした。

シルヴィオは俺をかばって怪我をした。その上、服の効果が消失してしまった。

——俺のせいだ。

あの時は完全に油断していた。

代わり映えしない同じ場所をぐるぐるしている気がして、つい気が緩んでいた。ダンジョンに入ってからは強い魔物と遭遇していないこともあり、こんなものかと侮《あなど》る気持ちも少し浮かんでいた。

冒険者としてそんなことを考えたらダメだったのに……。

ものすごい後悔が頭を占める。

「マリウス」

シルヴィオの声にハッとして顔を上げる。

彼はこちらに視線を向けることなく、前を見たまま口を開く。

「気にするな。俺ももっと注意するべきだった」

「……っ！」

自分が悪いと言うシルヴィオに俺は返す言葉がなかった。完全に悪いのは俺なのに、シルヴィオは微塵《みじん》も責めない。

それが逆に悔しかった。

シルヴィオからすると、俺はまだ守るべき存在で、同じ冒険者として肩を並べて戦う相手ではないのだ。

偵察隊に選ばれてどこか慢心していたのだろうか。

自分の力のなさと、意識の低さを感じる。

意気消沈しつつも、まだここはダンジョン。町に戻るまではとにかく細心の注意を払って足を進めた。


冒険者ギルドに報告のために立ち寄る。

冒険者ギルドには今日もダンジョン目当てに余所《よそ》の町から移動して来たらしい冒険者が詰めかけていた。

そんな中、シルヴィオの状態はとても目立つ。

当然、何があったのかと探るような視線がそこかしこから集まってくる。

こそこそと「そんなに強い魔物が出たのか？」「でも負傷してるのは一人だしな……」と囁く声が聞こえてくる。

シルヴィオはまったく気にした様子もなく淡々と連絡事項を済ませている。けれど、俺はいたたまれなかった。

周りの冒険者には俺のせいだとはわからない。

それが、シルヴィオの名前を傷つけている。

さすがに気にしなくても視線が集まるのは煩《わずら》わしいのだろう。シルヴィオは用を済ませると「行くぞ」とさっさと冒険者ギルドを出た。

「シルヴィオ、その服どうすんの？」

いつもの流れで俺も住んでいるミナの店に足が向く。そんな中、ディートリヒが切り出した。

「予備があるからしばらくはそっちを着る」

シルヴィオがなんの問題もなさそうに答えるが、以前予備の服は今着ているものより性能が落ちると話していた。

「……あの、ミナに直せるか頼んでみましょう」

俺はシルヴィオに提案する。

これまでいろいろと効果の付与された服やアイテムを作ってくれたミナ。きっとシルヴィオの服も直してくれるのではないか。

きっとシルヴィオの服にも効果を付与してくれるんじゃないか……。

都合良くも俺はそう考えた。

「……まあ、ミナちゃんに頼むのが一番だろうね」

ディートリヒはそう言いながら俺を見る。

口元は弧を描いているが、深い青の視線がじっとこちらに向けられた。何かを見透かすような目に心臓が妙にざわつく。

すっと視線を外された時には、なぜかホッとしてしまった。

ティアナとイリーネが心配そうに俺たち三人を見ていた。


ミナのお店兼俺も住まわせてもらっているドラッヘンクライトに到着した。

俺は中に入るや否《いな》やミナの元に駆け寄った。

「ミナ……！」

俺の様子がおかしいことに驚いたのか、ミナは目を瞬かせた。

「どうしたの？」

ミナはそう問いかけてから俺の後から来た人物を見て、目を見開いた。

「え、シルヴィオさん、その服……！」

背中側を直接見なくてもいつもと服の感じが違うことに気付いたらしい。

シルヴィオの服は背中の真ん中から左脇にかけて大きな切れ込みが入っている状態。左横から少し見ただけでそれが見えるのだ。

「怪我は⁉」

心配そうな表情でミナは俺の横をすり抜け、シルヴィオの元に駆け寄っていく。

「怪我は大丈夫だ。薄皮一枚切れたくらいだからミサンガでもう回復している」

シルヴィオの言葉にミナは、ホッと胸をなで下ろす。それでも切れ目から見える地肌に視線を向けて本当か確かめていた。

「それにしてもこれ、どうやって……？」

安心したら、なぜこんな状態になったのかとミナは疑問を口にした。

「俺のせいだ。シルヴィオさん、俺をかばって……」

言ってから、とても情けない気持ちでいっぱいになった。

ミナにはいいところを見せたいと思っていた。でも、これだと真逆だ。

シルヴィオに助けられ、そのかわりシルヴィオが負傷した。もし俺が偵察隊にいなければ、負わなくてよかった怪我だ。

ずっとソロで活動してきたシルヴィオならうまく立ち回っていたと思う。

俺は自分のふがいなさに唇を噛んだ。

「あれは仕方ないよ。死角だったし……」

ティアナがフォローするように言ってくれる。

しかし、ディートリヒは厳しい声で言った。

「でも、代償は大きいよ。シルヴィオの装備がなくなるのはこれからのダンジョン攻略を考えると進みがグッと下がる。無理もできなくなったしね」

ティアナのフォローはありがたいが、本当にディートリヒの言う通りだ。

どう考えてもシルヴィオの状態は偵察隊の戦力を確実に低下させた。

俺は顔を上げ、ミナを見つめた。

「……ミナ、どうにか直すことはできないか……？」

もしかしたら、という希望にすがるようにミナに問いかける。

「うーん。直すレベルにもよるね。ただ形を戻すって言うのであれば繕うことはできるけど、効果もってなると難しいかも。私が作った服じゃないから……」

やや言いにくそうにそう話すミナ。顔には困惑の感情が浮かんでいた。

――ああ、俺は失敗したのか。

安易にもミナならできると思った。

ミナが特殊スキルを持っているから、服と付与効果に関することなら簡単にどうにかしてくれると考えてしまった。

自分がどうにもできないから、人にその責任を押しつけようとした。

しかも、よりにもよってミナに。

自分の中にある甘えを自覚して嫌になる。

どうしようもない自己嫌悪《けんお》に苛《さいな》まれていると、シルヴィオが「ミナ」と呼ぶ声が聞こえた。

「はい！」

いきなり呼ばれて驚いたのか、ミナが呼ばれてシュッと背を正す。

「すまないが、この切れた部分を縫い合わせてもらうことはできるか？」

「それはできますけど、効果とかは……」

「効果のことは気にしなくていい。たぶん効果が消失していると思うからもうどうにもならないだろう。ひとまず着られるようにしてくれたら大丈夫だ」

「わかりました」

シルヴィオがコートを脱いで、ミナに差し出す。下に着ているインナーも切れているが、それは後で渡すことにしたらしい。

どのくらいの程度で直せばいいか軽くやりとりをして、シルヴィオが「それと……」と続けた。

「急で悪いが、代わりになる服の製作を頼めるか」

その言葉にミナは目を見開いてシルヴィオを見た。新しい服の依頼までもらうとは思っていなかったんだろう。

数回パチパチと瞬きをしてから、ミナの頬がじわじわと紅潮していく。

言葉にして聞いたことはないが、ミナはシルヴィオの服を作りたがっていたのを俺は知ってる。

出会ってすぐの頃、二人の仲はあまり良くなかった。

何があったのかはわからない。でも、シルヴィオはミナに冷たかったし、ミナも反発していた。

でも、このドラッヘンクライトを開く頃から徐々に二人の仲は良くなっていった。

いつかミナが「シルヴィオさんに絶対認めさせてやる」と呟いていたのを聞いたことがある。その気持ちは今も変わっていないだろう。

シルヴィオに褒められた時、ミナは一番嬉しそうだから……。

俺に言われるよりも——

「……私でいいんですか？」

期待と不安が入り交じったような顔。でも、ミナの全身から作りたいという声が聞こえてきそうだった。

「この町でミナ以上に作れる職人はいないだろう。……それとも無理か？」

「いえ！　やります！　作りたいです！」

ふっといたずらに微笑むように言ったシルヴィオに、ミナはやる気十分にニヤリと笑う。

以前はなかった信頼の絆が二人の間にはあった。

俺は一人、とり残されたような気持ちでそれを見ているしかなかった。

第二十六話　埋まっていく採寸帳

シルヴィオの負傷から一夜明けた。

私はいつもより早起きして来客を待っていた。

控えめなドアのノック音が聞こえ、私はパタパタと玄関に走る。玄関のドアを開けると、シルヴィオが立っていた。

「おはよう。朝から悪いな」

「おはようございます。むしろ朝から来てもらっちゃってすみません。どうぞ入ってください」

私はシルヴィオを室内に招き入れると、応接室に案内する。

朝から彼に来てもらったのは、昨日依頼された服を作るために、採寸をしたいからだった。本当は昨日のうちにしておけば良かったのだが、シルヴィオは宿に戻って着替え、着ていた修復する予定の服を預かるので、時間的にいっぱいいっぱいだった。

それに、こちらの世界は元の世界ほど照明が明るくない。

採寸は重要なので、明るい中で正確に行いたい。そのため、朝、依頼に行く前に時間をもらったのだ。

今日のシルヴィオはいつもとは違う服を着ている。

おそらく予備の服なんだろう。見た感じよく使い込まれているようなので、いつも着ている服よりもさらに前から着ているものなのかもしれない。

「時間もそんなにないのでさっそく採寸をはじめましょう」

「ああ」

シルヴィオは上に羽織《はお》っていたジャケットを脱ぐ。細々《こまごま》と付いている装備も外し、インナー姿になった。

改めて見ると細身だけど、よく鍛えられた体をしている。冒険者としての日々の依頼をこなし、その最中で剣を振るうことによって自然についた筋肉なのだろう。

無駄な肉がなく、スラリとした体型だった。

バランスのとれた綺麗な肉体に見惚《みと》れていると、シルヴィオが「ミナ?」と呼びかけてくる。

それにハッとして、私は慌ててメジャーを手に取った。

「は、測っていきますね」

気を取り直して、採寸を進めていく。

まずは背中を向けてもらい、肩から体の部位ごとにメジャーを当てて、サイズを見る。書き込むのは採寸用のノートだ。

そこにはシルヴィオのところに唯一手首のサイズだけが記されてある。それはミサンガを作った時に測らせてもらったもの。

一つしか埋まっていなかった項目がどんどん埋まっていく。

いつかシルヴィオから服の依頼をされるくらいになろう。

そのために、採寸表のシルヴィオのページが埋まるようになろう。

ミサンガを作った時はそう思っていた。

まさかこんなに早く叶《かな》うことになるとは思っていなかったが、白かったページが次々に埋まっていくのを見ると、妙に感慨深かった。

背中側で測れる部分は済ませ、今度はシルヴィオの体の前に回る。

「次は前側を測っていきますね」

そう言いながら、私はまず首囲を、と顔を上げるとシルヴィオと目が合った。立ち位置の関係上、目と目の距離はとても近くて私はドキッとしてしまう。

さ、採寸してるんだからそりゃ近いよね……！

こんな近くでシルヴィオと顔を見つめ合うことははじめてで、私の心臓はドキドキと音を立てている。

シルヴィオの方もまさか目が合うとは思っていなかったのか、少し気まずそうに視線をそらした。

採寸だよ、採寸。これも仕事……！

「……首回りを測るので少しだけ顎を上げてもらっていいですか？」

「……ああ」

手がぶつからない程度で顎を上げてもらい、首囲を測る。目盛りを確認したらしゅるりとメジャーを解いて、結果を記入する。

次は胸巾。

ピンと張ったメジャーを彼の腕の左右の付け根から測る。

そして、続いてと思って、私の動きはピタリと止まる。

「どうした?」

いきなり動きを止めた私を訝しんだシルヴィオが声をかけてくる。

「いえ、あの……腕を上に上げてもらってもいいですか……?」

「腕?　こうか?」

私の言葉に従い、シルヴィオが軽く万歳をしてくれる。

それを見て私は意を決する。

「失礼します!」

一言告げて、私は彼の体に抱きつくようにして背中側に手を回す。片手に持ったメジャーの端を背中側で受け渡したら両端をしっかり持ちながら胸の前で交差させる。

私の行動にぎょっとしたシルヴィオだったが、続く私の動きに納得したようだ。

今は興味深そうに上から私のことを見つめる視線を感じる。

ただ、これは一度で終わりではない。

胸囲を測ったら、次は腹囲、そして尻囲を測らなければならない。

採寸する上で欠かせないし、これまで何度も人に対して行ってきた。

それなのに、シルヴィオに対しては妙にドキドキしてしまう。

マリウスの時はこんなことなかったのに……！

これまで頭を撫でられたり、地震の時に支えてもらったりと、小さなスキンシップはあった。

それでもシルヴィオの性格上、気安くボディータッチするような気質《たち》じゃないので、あくまでも最小限だった。

私自信も最初嫌われてると思っていたのもあって、気安く接することはなかった。

だからか、ここまで故意に彼と接近するのははじめてのことだ。

いやいやいや、採寸だから……！　採寸のためだからね……！

心の中で自分に言い聞かせるように呟く。

むしろそれ以外にないはずなのに、なんで私はここまで意識してるのか……。

ふとそう思ったけど、深掘りするとろくなことにならないと、私は慌てて意識を切り替える。

仕事なんだから迅速に正確に終わらせよう！

シルヴィオはこれから冒険者として依頼に向かわなければいけないのだ。

気を取り直して、私は再び抱きつくように彼の背中に腕を回す。真剣に引き締めた顔でサイズをチェックする。

その後に続く項目もテキパキと測っていく。

そんな私をシルヴィオはじっと見つめていた。その視線を意識からシャットアウトし、集中していた私は気付かなかった。

第二十七話　落胆《らくたん》と喝《かつ》

妙にどぎまぎしてしまった採寸もどうにか終わった。後半は測りながらどういうデザインにするかいろいろ考えてしまい、無言で作業を進めてしまった。

元々シルヴィオはあまりおしゃべりな人ではないし、手は動かしていたのでまあ大丈夫かな……？

メジャーを片付けると、今度はデザイン帳を取り出し、私はシルヴィオに話しかける。

「デザインの希望はありますか？」

「特にはないが、前のものに似たようなものにしてもらえると助かる」

「前のものと似たような感じ……」

「あれが着慣れてるのもあって動きを把握してるからな。あまりにも変わりすぎるとまた慣らす必要がある」

「なるほど」

型は変えずに同じにしろということか。

ということは色や柄はこちらで決めてもいいのかな？

そう問いかけると、シルヴィオは「細かい部分は任せる」と言った。

「付与効果の希望はありますか？」

「防御だけに絞って付与してもらえると嬉しい」

「え？　他にいらないんですか？　回避とかいろいろできますけど」

「弱いものを複数付与するより、防御だけ強い効果を付けてもらった方が動きに支障がでない」

「そういう考え方もあるのか……」

これまでマリウスやティアナ、イリーネの服を作る時はいろいろな効果が付いている方が便利だと思って、二、三個の効果を付けていた。

しかし、効果を一点に絞って強く付与する方が使用者にとって使いやすいということもあるのだろう。

おそらく何年も冒険者としてやってきた中で、いろいろな効果の服や道具を使ってきたシルヴィオだからわかることなんだと思う。

「わかりました。では防御だけを付与しますね」

「ああ、頼む」

忘れないようにデザイン帳に書き込んだ。

とその時、階段を下りてくる足音がした。

顔を上げると、マリウスが応接室にやってきたところだった。

「おはよう、マリウス」

声をかけると彼も「おはよう」と返してくるが声に元気がない。あまり眠れなかったのか顔色もいいとは言えなかった。

「シルヴィオさん、来てたんですね……」

応接室にいるシルヴィオに気付くと、どことなくマリウスは気まずそうな表情になる。

「服の採寸をしてもらっていた」

「ああ……」

シルヴィオの言葉にマリウスは自分のせいでダメにした服の存在を思い出したのだろう。落ち込んだ様子で視線を下げる。

「シルヴィオさんもマリウスもこれからまたダンジョンでしょ？　朝ご飯食べないと！」

私は沈んだ空気を変えるため明るく声をかけた。

「シルヴィオさんは朝ご飯食べました？」

「俺はもう済ませたから大丈夫だ」

彼はここに来る前に食べてきたらしい。

「じゃあ、マリウス食べよ？」

「うん……」

マリウスは浮かない表情のまま、ダイニングに足を向ける。

しかし、それを止める人がいた。

「いつまでそうやってるつもりだ？」

ひたとシルヴィオはマリウスを見つめる。足を止めたマリウスは、シルヴィオの方を振り返ることもせず立っている。

「正直、今のお前をダンジョンに連れて行くことはできない」

「そんなっ……！」

シルヴィオの言葉にマリウスはハッと振り返った。

「腑《ふ》抜《ぬ》けた状態のまま連れていっても、昨日以上に危険になるだけだ。そんなメンバーがパーティーにいてうまくいくわけないだろう」

厳しいシルヴィオの言葉にマリウスは唇を噛む。

「俺に対して引け目を感じてるんだろうが、あれは俺の判断だ。マリウスのせいじゃない」

「でも俺が油断しなきゃあんなっ――」

「それが思い違いだ。たしかに油断があったかもしれない。でもそれ込みでパーティーメンバーに選んだのは俺だ」

「……そう、なのかもしれないけど……」

「こんなことで腐ってるような暇があるなら力をつけろ、マリウス」

シルヴィオはまっすぐマリウスを見つめて言った。

先輩冒険者から後輩冒険者への強いメッセージは、落ち込んでいるマリウスの心に届いたのだろう。

マリウスは申し訳なさそうな表情を見せた後、一瞬泣きそうに顔を歪《ゆが》ませる。けれどなんとか堪《こら》えると、顔を横にぶんぶんと振った。

パンパンッ！

部屋に大きく音が響く。

マリウスは自分自身に喝を入れるように、両手で頬を叩いたのだ。

「ごめん、シルヴィオさん。ありがとう」

「ああ、もう大丈夫か？」

「うん」

頬を赤くしながらも、マリウスはさっきまでの浮かない表情ではなく、力のこもった眼差しを向ける。

シルヴィオの言葉で気持ちを入れ替えたのだろう。

落ち込んだ状態のまま、再びダンジョンに行ってもいい結果には繋がらない。むしろシルヴィオに対していつまでも申し訳なさを引きずっている方がさらなる油断を招く。

失敗は二度としないように心に刻んで、前を向く。

命がかかった現場で活動する冒険者だからこそ、気持ちの切り替えがとても大事だ。

一緒に生活しているけれど、冒険者ではない私には表面的な慰めしかできなかった。

シルヴィオの言葉は厳しい。でもこれまで冒険者としてやってきた彼だからこそ、マリウスに伝わったのだ。

気持ちが変わったらお腹も減ったのだろう。マリウスのお腹からぐぅ～っという音が聞こえてくる。

「ほら、マリウス、早くご飯食べよう！　シルヴィオさん、カッフェー飲んでいきます？」

「うん！」

「もらおうか」

元気になったマリウスとどことなくホッとしたようなシルヴィオと共にダイニングに向かう。

ダンジョン内でのことや冒険者のことはわからない。

でも、落ち込んだまま出かけていくよりも、気概を持って挑んでいくマリウスの方が彼らしい。

まだ、心の中では気弱になっているところもあるだろうが、それは冒険者として力をつけていった方が自信に繋がる。

そういう意味でもシルヴィオの言葉は正しいと思う。

元気を取り戻したマリウスをこっそり窺いながら、私もホッと胸をなで下ろした。

第二十八話　色のイメージとデザイン

シルヴィオと一緒にマリウスが依頼に出かけたところで、私は作業を開始する。

まずは、スッパリと切れてしまったシルヴィオの服の補修だ。

補修と言っても、私が一から作った服じゃないのでやはり効果を付与し直すことはできなかった。

これは試しにできるかどうかやってみたが、製作者の贈り物《クリエイターズギフト》によって改めて無理だと言われた。

よって、補修は切れたところをつなぎ合わせる程度だ。

使うのはアンゼルマから譲ってもらったミシン。

特殊スキルで効果を付与する場合は手縫いじゃないといけないからこれまでほぼ出番がなかったミシンだったが、今回は違う。

まずは同じ色の布を切れた部分の裏側に当て、ずれないように軽く縫って留める。

そうしたら、表面にひっくり返して、そこをミシンで縫っていく。縫い方は布の糸の方向に合わせて、細かくギザギザに。

これはミシン刺しとかミシンたたきと呼ばれる方法で、穴が空いたものや裂けたものを補修するのに使う方法だ。

これより高度なかけはぎという方法もあるが、それはかなり難しく時間もかかる。熟練した腕がないとそもそも難しい方法でもあるので、今回はより手軽にできるミシン刺しで補修をした。

幸《さいわ》い、生地が黒ということもあり、補修部分はそれほど目立たない。

もちろん近くでよく見たらわかるのだけど、すぐ使うとなったらこれ以上綺麗に補修するのは難しいだろう。

「うん。まあ大丈夫でしょう」

切れて空いていた穴はしっかり塞がっているのを確認して、私は頷く。

補修は完了したので、次はシルヴィオの新しい服作りに取りかかる。

はじめにデザイン決めだ。

シルヴィオからの希望で、以前の服と形は変えないでほしいと言われた。

となると、形は自《おの》ずと決まる。

その上で考えるのは、色や模様。

以前の服をそのまま再現するのは、面白くない。せっかく製作の依頼を受けたのであれば、私なりに工夫をしたいところだ。

「とはいえ、シルヴィオさんの色のイメージって黒なんだよね……」

補修をした服も黒、そして、今日代わりに着ていた服も黒である。

少し長めの髪は黒。

目の色はコバルトブルー。

元々、黒がよく似合うのだ。

「いきなり明るい色にしてもね……。私の中のイメージも黒って感じだし」

ビビッドな色を身に纏うシルヴィオはいまいち想像ができない。

冒険者である以上、外敵に見つかりやすい色を着るのは危険だったりするので、さすがにそれはしないが……。

「やっぱり黒とグレー、青でまとめるべきかな……」

黒をベースにして、差し色にグレーと青を入れてうまく変化をつけていけたらいいかもしれない。

そう決まると、私はデザイン帳を広げ、思い浮かんだデザインを描いていく。

服の構造や形を変えないとなると、それを再現するのはそう難しくないのでさらさらとペンを滑らせる。

問題はディテールだ。

効果を付与する関係上、刺繍は必須。

効果は『防御』だけでいいということなので、刺繍の種類も一種類になる。

効果の付与方法を刺繍に変えてから、『防御』の効果を付与するのははじめてだ。

冒険者の服を作っていく上で、『防御』の効果はこれから先も付与することが多いと思う。そうなったら、刺繍のデザインも汎用性のあるものを割り当てた方がいいだろう。

「デザインとして使いやすくて、アレンジもできる……。やっぱり植物系統かなぁ」

植物は刺繍にもよく使われる題材だ。

日本古来の着物の文様にも使われることが多かったはず。

「着物……」

ふと思いついた着物というワードに、私はハッとした。

「唐草《からくさ》……蔓唐草ならいい感じかも」

ただの唐草文よりも蔓唐草の方が近代的っぽくて洋服にも合う。

それに着物の文様にはそれぞれ意味があって、唐草文の場合は描かれるツタは生命力の象徴。縁起が良い吉祥《きっしょう》文様だ。

そういう面から考えても、冒険者の服を飾るにふさわしいデザインではないだろうか。

それに蔓唐草であれば、他に刺繍のデザインを加えるにしてもバランスが良さそうだ。

蔓唐草のデザインだけを別にデザイン帳に描く。刺繍はグレーと青をうまい具合に混ぜて変化を出したいところ。

刺繍を入れるところも大まかに書き込んでいくとだいたいのデザインが出来上がる。

「……。何か足りないような……」

あくまでデザインの素案であるから、これで確定ではない。

でもこれで本当にいいのか？　という疑問が漠然とだが浮かんでくる。

しかし、悠長《ゆうちょう》に考えている時間はあまりない。

ダンジョン攻略のため、できるのなら明日にでも服は必要だ。さすがに明日完成させることは無理だけど、シルヴィオの服は緊急を要する。

ひとまず形は変わらないから、採寸のデータを元にパターンを引いていく。

補修を頼まれていたため、元の服も手元にあることからパターンを作るのはそう難しい作業ではない。

確認のため、その服を手に取る。

そして、改めてシルヴィオの服を観察する。

「……この素材なんだろう？」

シルヴィオの服は、布だけではない素材が付いている。ほんの一部ではあるが、鱗《うろこ》のような少し凹凸がある、けれどつるりとした素材。

襟《えり》の部分に少しだけだけどそれが付いていた。

今となってはどのような効果が付与されていたのかわからない。もしかしたらこの鱗のような素材も効果に関係していた可能性はある。

「うーん……。刺繍で付与の効率が上がったとはいっても、それで足りるのかな……」

私の服であれば、布に刺繍の効果を付与するだけで十分だ。

けれど、シルヴィオほどの冒険者が着る服に、それだけでいいのだろうか？

「前に作った毒回復のミサンガみたいに、他の素材を組み合わせて作るのもいいかも」

ただ、問題は私にその素材の知識がないことだ。

ここはやはりデザインの確認も含め、シルヴィオ本人に相談するしかないだろう。

これから冒険者の服を作り続けていくのであれば、素材についての知識も学んでいかないといけない。

これを機に、いろいろ教えてもらうのもいいかもしれない。

そう思いながら、私はパターンを作る手を進めた。

第二十九話　進む作業と変化した気持ち

作業をしていると、時間はあっという間に過ぎていく。

ドアが開く音にハッとする。

「ただいま〜！」

ティアナの声が聞こえ、静かだったドラッヘンクライトの中が、声や衣擦《きぬず》れや息づかいによって、一気に賑やかになった。

「おかえりなさい」

作業の手を止めて、帰ってきたみんなに声をかける。

すると、やってきたティアナが私の手元を見て、「わぁ〜！」と声を上げた。

「すごい！　もうできてきてるじゃん！　早い！」

なんとなく形になってきたように見えるが、まだ仮縫いの段階だ。

「まだ仮縫いのところだからこれからだよ」

「そうなの？　でも昨日の今日だし、このままいくと明日にはできそうな感じじゃない？」

「さすがにそれは無理かな。ものすごく頑張って明後日《あさって》かその翌日だね」

ただそれは夜通し作業しないと無理なスケジュールである。

「実際、どのくらいにできそうか？」

シルヴィオに問われ、私は一瞬考える。

「明日には仮縫いができるので、まずそれを試着してもらう必要があります。そこで微調整して、本縫い、刺繍で効果を付与するので本当に頑張って三日後、ですかね」

「わかった。それで大丈夫か？」

「はい、頑張ります！」

これは徹夜コースになりそうだ……！

「あ、それでですね、ちょっと相談したいことがあるんですけど……」

私はデザイン帳を取り出して、シルヴィオに見せた。

「デザインはこんな感じを考えたんですが、どうですか？」

「うん、いいんじゃないか？」

元の服と形が変わらないからか、シルヴィオはあっさり頷いた。

そこまでこだわりがないのか、それとも私のことを信頼してくれているのか、そこはいまいちわからないが、ダメならはっきり言うタイプだからいいのだろう。

「ありがとうございます。じゃあデザインはこれでいくとして、あとは素材についてです。私はそっちの方面にまったく詳しくないんですが、使ってほしい素材ってありますか？　元の服には一部鱗のような素材を使っているみたいなんですけど……」

「ああ、ドラゴンの鱗のことか」

「え、ドラゴン⁉」

シルヴィオがさらっと言った言葉にエルナはぎょっと目を見開く。見るとイリーネもマリウスも同じような驚いた顔をしている。

珍しい素材なんだろうか？

「以前討伐したアースドラゴンの鱗を前の服には使ってもらった。防御の強化素材だから、次の服でも使えるのであれば持ってくるぞ」

「防御が強化されるのであれば試してみてもいいですか？」

「ああ、少し加工が必要だから、使えるようだったらそれも手配する」

「お願いします」

実物を見てみないことにはわからないが、素材の状態であれば製作者の贈り物《クリエイターズギフト》が判断できる。

今は持っていないが、明日には持ってきてくれるらしい。

「他にも素材があるなら、いろいろ試してもらえば？」

ソファでくつろいでいたディートリヒが言った。

「ドラゴンの素材も他に種類があったりするし、同じ素材じゃなくてもミナちゃんが使うのに相性がいい素材があるかもよ」

「たしかにそうだな。めぼしいものは持ってくる」

「そうですね。私も素材はわからないので、実際に見て判断したいです」

性能だけではなく、デザインとのバランスも見たい。仮縫いは進めるが、素材によって多少デザインを変える必要もあるかもしれない。

手持ちの素材を明日持ってきてくれることをシルヴィオと約束して、私はとにかくできる作業を時間の限り進めた。


翌日。

仮縫いはできたので、シルヴィオに試着してもらう。

シルヴィオには申し訳ないが、また朝一番に来てもらった。

「朝早くからすみません」

「いや、俺の服だからな、気にするな」

いつもと変わらない表情で言うシルヴィオにホッとしながら、試着室へ案内する。

「糸は留めてる程度なので、そっと着てください」

「了解した」

形は変わらないので、着方もよくわかっているはずだ。仮縫い状態なので、あまり乱暴にしないようにだけ注意すると、私は試着室から出て彼が着替えるのを待つ。

ややあって、仮縫いの服を纏ったシルヴィオが出てきた。

柄もなにもない状態の服のはずなのに、シルヴィオは不思議と様《さま》になっていた。

背が高く、バランス良く身体を覆う筋肉。立ち姿も綺麗だ。

何を着ても絵になる人なんだなぁ……。

私はつい見とれてしまう。

「これでいいか？」

じっとシルヴィオを見る私に、シルヴィオは少し戸惑ったように声をかけてくる。それにハッとして私は彼の元に近づいた。

「着方は大丈夫です。これから実際に動いてもらって、きついところや逆に緩いところを調整していきます」

「わかった」

仮縫いでの調整の仕方はマリウスやイリーネ、ティアナの服を作った時と変わらない。

激しく動く時も想定し、動きを邪魔しないように縫い目を調整していく。

動いては印を付け、動いては印を付け、の繰り返し。

私が前身頃の調整をしていると、シルヴィオが私の方をじっと見つめてくる。

そして、口を開いた。

「はじめは服を作ってもらうことになるとは思っていなかった」

はじめ、というのは初対面の頃の話だろう。

「……それは私も思ってなかったですね。なんていうか、シルヴィオさん、私のこと嫌いだったでしょう？」

「……はっきり言うな。まあ、あながち間違ってはいないが」

「あはは、やっぱり」

シルヴィオもはっきり答えたことに私は苦笑する。

出会った頃のシルヴィオは、私に対してとても冷たかった。

私が冒険者への理解がなかったということが大きいし、冒険者向けの服を作ることに難色を示していたことで冒険者を侮っているとシルヴィオは感じていたのだろう。

今もまだわからないことはたくさんあるが、冒険者の服を作ることに関しては真正面から取り組んでいる。

私の意識が変わり、冒険者の服を作るデザイナーとして精力的に活動し続けたことで、シルヴィオの態度は徐々に変わってきた。

現在のように気安く話をできるようになったのは、たぶん毒回復のミサンガの製作を依頼された頃からだろう。

職業柄ということもあるのかシルヴィオは、言葉よりも行動を見て人を判断している。

間近で私の仕事ぶりを見て、彼なりに考えるところがあったらしい。

行動には行動を。

シルヴィオの態度は変わった。

今では自分の服を迷いなく私に依頼してくれるまでになった。

私のことを認めていなかった、Aランク冒険者シルヴィオから服の依頼を受けること。私の中にあったそんな目標が今叶おうとしている。

必要に迫られてという理由もあるだろう。

でも、困った時だからこそ、真っ先に頼ってくれた。

私以外この町に冒険者の服を作れる人がいないという消去法的な考えもないわけではないだろうが、それでも万が一の時の生命線である防具を作らせてもらえる。

プレッシャーも大きいけれど、それ以上に期待に応えたいという気持ちの方が私の中では大きくなりつつあった。

「今は、ミナなら大丈夫だと思ってる。完成が楽しみだ」

頭上から降ってきた優しげな声に私は調整の手を止めて顔を上げる。

そこには声と同じようにうっすらと微笑んでいるシルヴィオの顔があった。

いつも見ている無表情だったり、厳しかったりするシルヴィオとはまったく違う、柔らかな表情。

至近距離でそれを見た私の顔は、一気に熱くなる。

その上、さっきの言葉だ。

全幅の信頼を置いてくれている。まるでそう聞こえた。
嬉しいやら照れるやらで、私の口元は勝手に緩む。
それを必死に堪えようとするも、全然ダメで……。
私は俯《うつむ》いて作業を再開するふりをしながら、懸命に隠したのだった。

第三十話　集中と静寂

仮縫いを終えると、作業はいよいよ本縫いだ。

ここからは集中力との勝負。刺繍での効果付与になるけれど、本縫いも効果を付与するベースを作る工程であるから気を抜くことはできない。

作業に集中したいので、ドラッヘンクライトも完全に閉め、さらに偵察隊の面々も来るのは遠慮してもらった。

そんな中、私は猛然と作業を進めていった。

脳内に響く製作者の贈り物《クリエイターズギフト》の声を頼りに効果を付与する器を作る。

当然だがシルヴィオは私より背が高い。自分の服よりも縫い合わせる量が多い分、集中しなければならない時間も長くなる。

縫い終えると、全身の力を抜くように詰めていた息を吐き出した。

本縫いをして、服の形になったところで、今度は効果を付与する刺繍だ。

一度、体をグッと伸ばして、リラックスする。肩周りを動かしてから「よし」と自分自身に気合いを入れた。

青い刺繍糸を通した針を手に持つと、うっすらと下描きがある布に針を刺す。同時に脳内で『効果「防御」の付与を開始します』という声が響いた。


「マリウス」

冒険者ギルドに一日の報告を済ませてから、俺はマリウスに声をかけた。一時は沈んでいたマリウスも徐々に以前の調子を取り戻しつつある。

今は着実に、慎重に、目の前の依頼をこなすことで力をつけているようだ。

「ミナの様子はどうだ?」

「朝からものすごい集中してやってました。声かけても全然気付かないみたいで……」

「そうか」

「ご飯もちゃんと食べてるのか……」

マリウスは心配そうに顔をしかめる。

特殊スキルで効果を付与するのはかなり集中しないとできないらしいが、それでも寝食を忘れてやるのはあまり良くない。

「これから様子を見に行ってもいいか?」

「はい、邪魔しなければいいって言ってたんで、様子見に来るくらいは大丈夫だと思います」

ミナの家であるとはいえ、住人であるマリウスに許可を取った俺は、途中宿屋アンゼルマによって食事がてらミナの分の食料も調達。知る人ぞ知る冒険者専用の服店であるドラッヘンクライトに向かった。

いつもは開いている玄関はしっかりと施錠《せじょう》され、看板も閉店を示す側が表になって下げられている。

マリウスは合鍵を取り出して解錠すると、なるべく音を立てないように慎重にドアを開けた。

本当に人がいるか疑わしいほど静まりかえった室内。

なるべく音を立てないように歩きながら応接室から作業場であるダイニングを覗くと、そこには一針一針縫っているミナの姿があった。

とても集中した表情をしている。

瞬きは最小限。細かい作業をとても丁寧ながら、速いペースで進めているのがわかる。

女性が刺繍する姿をこれほど間近で見たことはなかったが、それでもかなり速いのではないだろうか？

裁縫のスキルを持っていると言うし、ミナの特殊スキルによって、刺繍の速度は常人よりも速いのかもしれない。

それでも時間がかかるものらしい。緻密《ちみつ》な模様を刺しながら、その上で効果を付与しているのだから、俺からしたら気の遠くなる作業だ。

「まだかかりそうですね」

ミナの手元を見る限り、刺繍の進捗《しんちょく》は四割くらいだろうか。俺が提供した素材もまだそのままの状態で、縫い合わせるのを待っているところを見ると、まだ時間がかかるとマリウスは推測したようだ。

「マリウス、できるまで待っててもいいか？」

「それは、いいですけど……」

「すまんな」

「いえ、ミナがああだし、なんのお構いもできませんけど、それでもいいなら……」

「助かる」

夜も更《ふ》けてくると、室内も暗くなる。

それでも集中して周りに気付かないミナのために、部屋の中のランプを点《つ》けて回る。暗いと困るだろうから手持ちのランプもミナの周りに配置して室内を明るく照らす。

柔らかな色の明かりに照らされたミナの顔は、ここを訪れた時から変わらない真剣なものだ。

ただひたすらに一針ずつ刺していく姿は、どこか神々《こうごう》しく見えた。

自分の力だけで冒険者としてやってきたとは言わないが、それでもソロの冒険者として活動している分、自分だけで物事を解決することは多かった。

けれど、自分ではどうしようもない、武器や防具に関しては人に頼るしかない。

ランクが上がり経済的に余裕が出てくることで、武器や防具の質は自ずと上がっていったが、こうして作っているところを見ることはなかった。

誰かが使うもののために、ただひたすらに自分の力を注ぎ込む。

その姿を見ていると、胸の奥に熱く湧き上がるものがある。

静まりかえったドラッヘンクライトの中で、糸が布を滑る小さな音だけが響く。

その音を子守歌に俺の目は自然と閉じていた。

第三十一話　寝顔と完成

脳内に響く『付与完了しました』の声と共に、ちょうど最後の一刺しが終わる。ほつれないように処理をしてから、余分な糸を切った。

「――で、できたー！」

カチコチに固まった肩。しょぼしょぼする目。きっと充血もしているかもしれない。襲ってくる疲労。

けれど、それを上回る達成感に、私は深く息を吐き出した。

乾いた目をいたわるようにしっかりと瞬《まばた》きをしてから、周囲を見る。室内には昇ってそう時間が経っていない朝日が差し込み、明るく室内を照らしていた。

どうやら夜通し作業をしていたらしい。

集中するあまり気付かなかった。

見るとテーブルの上にはいくつかのランプが置いてあった。すでに油が尽きかけているからか、その中の火は消えそうなくらい小さい。

マリウスが気を利かせて点けてくれたのかな。

完成したシルヴィオの新しい服をさっと畳んでテーブルに置く。

小さく残るランプの火をフーッっと吹き消してから、何かの気配に気付いた。

「っうわ！」

作業しているダイニングからよく見える位置にある一人がけのソファ。肘掛けに頬杖を突いて、寝ているシルヴィオがいた。

「シルヴィオさん……？」

小さく呼びかけてみるが、起きない。

シルヴィオが無防備に寝ているところははじめて見る。興味深くて側に近づいてみた。

眉間《みけん》に皺《しわ》のない気が抜けた顔。普段よりもあどけない。

まつげ長いな……。

切れ長の目を縁取っているまつげは意外と長くて。男性ながら美しいなと思った。

珍しい彼の寝顔をじっと見ていると、不意にその目がぱちりと開いた。

「わ！」

上から覗き込むようにして観察していた私は、急に開いた目にびっくりする。しかも、あろうことか驚いたことによって、体勢を崩してしまった。

「……っと」

急に倒れ込んできた私をシルヴィオがキャッチしてくれる。寝起きだというのに、私より遥かに優れた反射神経だ。

「ご、ごめんなさい！」

「いや、大丈夫か？」

「はい……！」

体勢を立て直しながら、私はシルヴィオに謝る。寝顔を見られるのが嫌だったかもしれないのに、その上、転びそうになったところを助けられるなんて……。

とても気まずい。

あ！

「あの、できましたよ！　服！」

若干ごまかすようにシルヴィオに報告する。

「できたのか！」

私の言葉にシルヴィオは驚いたように目を見開く。

寝る間も惜しんで完成させたシルヴィオの服。きっと彼は私が約束した期日を守ると信じてここで待っててくれたのだろう。

「一度着てみてください！　おかしいところがあったらすぐ直しますので！」

「ああ、わかった」

私は出来上がったばかりの服をシルヴィオに渡すと、試着室へ向かってせかすように背中を押した。


試着室に入ったシルヴィオはさっそく着替えはじめたらしい。

簡単に遮《さえぎ》られた向こうから、わずかに衣擦れの音が聞こえる。

私は二人掛けのソファに腰を下ろす。

柔らかいソファの背に寄りかかると、どっと疲れを実感する。そのままの体勢を維持しているのも少し辛くて、私は肘掛けに腕を伸ばし、寄りかかる。

窓から差し込むまぶしい光に目を細めると、そのまままぶたがくっつくように下がっていく。

ここ数日張っていた気が緩んだと同時に、徹夜での睡眠不足により、私の意識は瞬時になくなっていた。


試着室で新しい服に着替える。

以前の服よりも、より体に沿うように作られた服はとても着心地がいい。

それに全身着替え終えた途端、何かがカチリとはまるような感覚があった。

おそらく付与された『防御』の効果を実感したのだろう。

まだ確認してないがプレートメイルくらいの防御効果がありそうだと感覚で思う。布製の服は防御力が鎧《よろい》より格段に落ちる。

その分、機動力があるので重宝しているが、これはもしかしたら鎧以上の効果があるんじゃないだろうか？

特殊スキルに目覚めてそう時間が経っていないはずなのに、これほどのものを作るとは、ミナの力には恐れ入る。

その上で服としてもしっかりとサイズ通り誂《あつら》えた極上の出来だ。

そう広くない試着室だが腕や膝を曲げ伸ばしたりしても違和感なく、むしろ服に体がしっかりと支えられている安心感がある。

着る人の動きを邪魔せず、守る服。

これこそ冒険者にうってつけの服だと思う。

瞬時に湧いてきた感動を共有しようと、試着室を出る。

「ミナ」

応接室で試着を待っているだろう彼女の名を呼ぶが、返事がない。

見ると彼女は二人掛けのソファの肘掛けに寄りかかり、健《すこ》やかな寝息を立てていた。

この数日間、ミナは寝る間を惜しんで服の製作に当たってくれた。完成と同時に集中の糸が切れたのだろう。

疲労も溜《た》まっているだろうし、寝てしまうのも無理はなかった。

おかしいところがあったら直すと言っていたが、特に問題のある部分はない。起きる様子もないし、このまま寝かせておこうと思う。

ただ、風邪を引くといけないから上に何かかけた方がいい。

周囲を見回し、防寒になるものをと探す。すると、先日背中がスッパリ切れてしまった俺の服があった。

見るとその部分もしっかりと補修してある。

参考にしたいからと預けていたが、今は毛布代わりにこれをかけておこう。

コートのようなその服を彼女の上にそっとかける。

体格差からか俺の服は彼女の身体をすっぽりと包む。

ミナが纏ったのは見たことがない黒い色。珍しい取り合わせになぜか優越感のような感情が浮かぶ。

苦しくないように口元が出るようにコートを調整する。

ほんの少し開いた唇の隙間から、すーっという寝息が小さく聞こえた。

くりっと大きい小動物のような目は閉じられ、二十歳を超えているとは思えない若々しい顔をさらにあどけなく見せる。

いつも綺麗に整えられた髪は乱れ、白い額《ひたい》が覗いていた。

若いけれど幼いわけではないその寝顔。安らかに眠りながら年相応の色っぽさがある。

殺伐《さつばつ》としたダンジョン攻略の日々。きっとこれからさらに厳しい戦いが待ち受けているだろう。

冒険者として生きる俺の進むべき道。

自分のためにしていることだが、俺が倒した魔物の爪《つめ》がミナのような人たちに届かなくなるのなら……。

少しだけ誇らしく思える。

この安らかな寝顔が悲しみや恐怖に変わらないように、俺は自分のすべきことをする。

もしもまた服が傷ついても、今度はミナが直してくれるだろう。

弱いようで芯《しん》があり、幼いようで大人びた不思議な女性であるミナ。

服作りにはまっすぐ取り組むその姿は尊敬するし、秘めたスキルは本人が思う以上に類い稀《まれ》なるものだ。

これから先、さらにその能力に磨きをかけて服作りに邁進《まいしん》していくだろう。

そんな彼女の日常を守りたい。そんな想いがじわりと浮かんだ。

「……それにしても無防備すぎないか？」

安心して寝ているのはいい。けれど、反面でそれなりの付き合いがあるとはいえ、男の前で眠りこけるとは……。

俺の服のために頑張ってくれたのだと思うが、それでも大丈夫かと心配になる。

「何されても文句は言えないぞ」

乱れた栗《くり》色の前髪を撫でるように持ち上げると、そこに唇を寄せる。

見事な服を作ってくれた感動と感謝、そして少しの警告と愛《いと》しさをのせて——

前髪を直してから、最後に意趣返しのように彼女の鼻をちょんと摘《つ》まむ。すると、彼女がむずがるように顔をしかめた。

それが面白くて俺は小さく笑う。

その時、階段から遠ざかっていく小さな足音が鳴ったが、俺は気付かなかった。

エピローグ

「こんにちは～！　ミサンガの納品に来ましたー！」

久しぶりに作り貯めたミサンガを持って、冒険者ギルドに向かう。昼を過ぎたばかりの冒険者ギルドの中は、冒険者たちが依頼で出払っているので閑散としている。

「おう、ミナか！　ミサンガの納品だな。こっちに置いてくれ」

冒険者ギルドの鑑定士であるライナーは、カウンターの上を片付けるとミサンガをのせるように言った。

「お願いします」

色とりどりの十数本のミサンガをカウンターに出すと、ライナーは慣れた様子でミサンガを鑑定していく。

「どれも『回復』のミサンガだな。効果も全部きっちり揃ってるからいつもと同じ値段だな」

「はい、いつも通りお願いします」

色の配色はいろんな組み合わせで作っているが付与されている効果は、きっちり同じもので揃えたミサンガ。すっかり作り慣れたそれは新しくこのアインスバッハにやってきた冒険者たちに飛ぶように売れている。

ライナーが言うにはこれもすぐなくなるだろうとのことだ。

安定した収入はありがたい。

しかし、ミサンガも作りつつ、作りたいものはもっといろいろある。

「あの、ライナーさん。鞄なんかも上の売店に置かせてもらうことってできますかね？」

「鞄？　……もしかして容量拡大の鞄か⁉」

「はい」

以前、マリウスたちのために試しに作ってみた容量拡大の効果が付与された鞄。はじめに自分で使う分として試作したものを今も使っているが、やはり小型だけどたくさん入る鞄は便利だと実感した。

普段使いの私でもこう思うんだから、持ち物が多くなる冒険者にはとても重宝されるだろう。

すでにマリウスたちにはとても役立っているようだ。

製作に時間がかかるけれど、ミサンガよりも単価は格段に高くなる。いい商品になるんじゃないかと思った。

「作って納品してくれるならこっちはむしろお願いしたいくらいだ！　ミナは簡単そうに言うがな、容量拡大の鞄を作れる職人なんてそうそういないんだぞ！」

「え、そうなんですか？」

私的には特殊スキルを別な形で応用している感覚なので、そこまで特別な感じはない。

自分のことはあまりピンとこないな……。

そもそも自分以外の特殊スキルがあまりわからないのもあるけれど。

全然響いていない私の反応に、ライナーは少し呆れたようにため息を吐いた。

「本人がそんなんで大丈夫か？　ぼったくられて損するんじゃないかってヒヤヒヤするぞ」

「あはは、まあそれもあって冒険者ギルドで売ってほしいっていうのもあるんですけどね。安心じゃないですか」

「……そういうことならこっちは助かるがな。できたら引き取るから言ってくれ」

「はい！」

新しい商品を卸す約束を取り付けて、私は冒険者ギルドを出る。

アインスバッハの町の中央を流れる小川沿いの道を歩く。天気が良くて気持ちがいい。

しばらく歩いてから一つ道を入る。宿が建ち並ぶその中の一つのドアを開けると、私は中に入った。

「こんにちは～！」

「ミナお姉ちゃん、待ってたよ！」

食堂になっている一階。ドアのすぐ近くで待っていたのは小学生くらいの女の子だ。

「ごめんエルナ、お待たせ」

裁縫を教えているエルナとこれから手芸用品を見に行く約束をしているのだ。ちょうど生地や糸を買い足したいと思っていて、エルナも勉強のため同行することになった。

「二人とも気を付けていってくるんだよ」

食堂の奥からふくよかな女性が顔を出す。彼女はエルナの母で、この宿屋アンゼルマの女将であるアンゼルマだ。

「お母さん、いってきますね」

「いってきまーす」

アンゼルマに見送られ宿を出る。

大通りに抜けたらそのまま北門に向かってしばらく歩く。天気のいい中、エルナと他愛《たわい》ないおしゃべりをしながら向かっていると、あっという間に手芸用品店が集まる地区に着いた。

エルナに説明しながら、そして私も店員さんにいろいろと教えてもらいながら、必要な材料を揃えていく。

エルナも指導の課題に使う生地を自分で選び、上機嫌だ。

買い物を終えると買い込んだものを抱えて、私の家に向かう。

うきうきとした足取りながらも、エルナは買った生地をしっかりと胸に抱えている。

そんなエルナと共にゆっくり歩きながら、家の付近にさしかかる。

するとこうから歩いてくる数人の集団が見えた。

「あれ？　みんな今日は早いね」

やってきたのは偵察隊の五人だった。

「あ、ミナ！　ただいまー！」

「おかえりなさい。今、鍵開けるね」

ティアナに返しながら、玄関のドアを開ける。

中に迎え入れると、みんな「ただいま」といいながら入ってくるから、私はちょっと微笑ましくて笑ってしまう。

偵察隊のメンバーがこの私の店に集まるのはいつもの日課になりつつある。

「そういえば、なんで今日は早かったの？」

「ダンジョンの次の階に行く階段を見つけたんだ」

私の質問に答えてくれたのはマリウスだった。

「え、次の階って、それってすごいじゃん！」

「ようやくって感じだけどね。で、これから潜《もぐ》るんじゃや、時間も準備も足りないから日を改めることになったわけ」

補足するようにディートリヒが言った。

偵察隊の五人は順調にダンジョン攻略を進めている。現在は地下二階を探索中。そして、今日、地下三階へ降りる階段が見つかったというのだ。

一時期、落ち込んでいたマリウスも表面上は元気を取り戻し、偵察隊の一員として頑張っているようだ。

「そうだ、ミナ！」

「何？」

ティアナの呼びかけに返事をすると、彼女は明るい表情で口を開く。

「今日、ユッテさんがミナに服の依頼をしたいって言ってたよ。シルヴィオさんの新しい服を見たら俄然《がぜん》お願いしたくなったみたい」

ユッテというのは、今偵察隊とダンジョンを共に攻略しているAランク冒険者エアハルトが率いているパーティーのメンバーだ。

シルヴィオとは別の町にいる時からの顔見知りらしい。

先日、私がシルヴィオの服を作った。急ピッチで仕上げたけれど、手は抜いていないし、これまでにない刺繍での効果の付与をして、なかなかいい出来になったのではないかと思う。

それを見て、私に服の依頼をしたいと思ってくれたらしい。

「前に気になるっていってくれてたもんね。もしかして今日これから来るかな？」

「向こうのパーティーも同じくらいに引き上げた。可能性ある」

「イリーネ、ありがとう。それじゃあ、看板出してこないと」

これから来るのであれば、お店がやってるとわかるように看板を掲げなければと、私は一人玄関に向かおうとする。

「ちょっと、ミナちゃーん！」

そんな私を止めたのはディートリヒだった。

「君、もしかして忘れてないかい？」

「はい？」

私はディートリヒの言葉に首を傾げる。忘れている事柄に思い当たるものがなくてきょとんとしていると、彼はこれ見よがしにはぁ、とため息を吐いた。

「それは完全に忘れてるよね！　僕の服はいつになったら作ってくれるんだい？」

「え、ディートリヒさんの服……？」

私は頭を巡らせる。

そういえばはじめて会った頃にそんなことを言われたような気がしたが……。

「あれは社交辞令だとばかり……」

私が苦笑しつつ答えると、ディートリヒはローブの袖でわざとらしく顔を覆う。

「僕の言葉をそんな風に思ってたなんて……」

完全に泣き真似《まね》と思える行動に、周りから呆れた視線が飛んでくる。

「ディートリヒさんの言葉って軽いからね～」

「本当なのか嘘《うそ》なのかわからない」

痛烈なティアナとイリーネの言葉に、ディートリヒは袖から顔を出す。

「そんな風に思ってたの⁉」

「「うん」」

きっぱりと言い放つ二人にディートリヒはショックを受けたようにソファに突っ伏した。

賑やかに話す彼らに小さく笑いながら、私はそっと応接間を抜け出す。

玄関のドアを開けて外に出ると、上の方に視線を向ける。

壁から突き出した棒に吊《つる》されている看板には『ドラッヘンクライト』の文字。風のない、いい陽気の今日は揺れることもなく、看板は静かに下がっている。

それを眺めていると、「ミナ」と呼ぶ声がした。

見ると開け放ったドアの向こうからシルヴィオがこちらに向かってくる。

「どうしたんですか？」

「ディートリヒがうるさい。あいつの服も作ってやってくれるか？」

うるさいといいながら、わざわざ服の製作をお願いしてくる友人想いのシルヴィオに私は微笑む。

「もちろんですよ！」

魔法使いの服は、これまた新しい挑戦だ。ディートリヒにはどんな効果がいいのか考えないとなぁ。

快諾した私にシルヴィオはホッとしたように頬を緩めてから、いたずらそうににやりと口角を上げる。

「金だけはあるだろうから、ふんだくればいいぞ」

「あはは、そんなことしませんって」

意地悪げに言うシルヴィオに私は笑う。

そして私は、内開きに開いたドアの正面にかかっている『閉店中』の看板を裏返すと、賑やかな声が聞こえてくる応接間に戻っていくシルヴィオの後を追った。


パタンと閉まったドア。

その拍子にゆらりと揺れた看板には『開店中』の文字があり、その下には――


『冒険者の服、作ります!』

という文字が刻まれていた。

冒険者の服、作ります！

薬草茶を作ります
～お腹がすいたらスープもどうぞ～

著：遊《ゆ》森《もり》謡《うた》子《こ》　イラスト：漣《さざなみ》 ミサ

「女だってバレなかったよ」

とある事情から王都ではレイと名乗り“男の子”として過ごし、薬学校を卒業したレイゼル。

その後彼女は、故郷で念願の薬草茶のお店を始め、薬草茶と時々スープを作りながら、
のどかな田舎暮らしを送っていた。

そんなある日、王都から知り合いの軍人が村の警備隊長として派遣されてくることに。

彼は消えた少年・レイを探しているようで…？

王都から帰ってきた店主さんの、のんびり昼寝付きカントリーライフ・第1巻登場！

まきこまれ料理番の異世界ごはん

著：朝《あさ》霧《ぎり》あさき　イラスト：くにみつ

「自分がおいしいと思える料理が食べたいのです――！」

　突如、聖女召喚に巻き込まれ異世界へ来てしまった鏑木凛。

すでにお城には二人の聖女が居たため、凛は自立を決意し街はずれの食堂で働くことに。

しかし、この世界の料理はとにかく不味かった。

「料理は効果が大事。味なんて二の次！」と言う店長に対して、おいしいごはんを食べたい凛は、食堂の改善に奮闘を始める。次第に彼女の料理は周囲へと影響を与え――？

　家庭料理で活路を見出すお料理ファンタジー。本日も絶賛営業中です！

異世界温泉であったかどんぶりごはん

著：渡里《わたり》あずま　イラスト：くろでこ

幼い頃に異世界トリップした真嶋恵理三十歳。

トリップ以来、恩人とその息子を支えようとアラサーになるまで最強パーティ「獅子の咆哮」で冒険者として頑張ってきた、が……その息子に「ババァ」呼ばわりされたので、冒険者を辞めることにした。

「これからは、好きなことをやろう……そう、この世界に米食を広めるとか！」

ただ異世界の米は長粒種（いわゆるタイ米）。

「食べやすいようにどんぶりにしてみようか」

食べた人をほっこり温める、異世界あったかどんぶりごはん屋さん、開店です！


詳しくはアリアンローズ公式サイト　http://arianrose.jp

アリアンローズ　検索

ArianRose
アリアンローズ

どうも、悪役にされた令嬢ですけれど

著：佐《さ》槻《つき》奏《かな》多《た》　イラスト：八《は》美《ち》☆わ《び》ん《す》

社交や恋愛に興味のない子爵令嬢のリヴィアは、ある日突然、婚約破棄されてしまう。伯爵令嬢のシャーロットに悪役に仕立て上げられ、婚約者を奪われてしまったのだ。

一向に次の婚約者が決まらない中、由緒ある侯爵家子息のセリアンが、急に身分違いの婚約を提案してきた!!

「じゃあ僕と結婚してみるかい？」

好意があるそぶりもなかったのになぜ？　と返事を迷っているリヴィアを、さらなるトラブルが襲って——!?

悪役にされた令嬢の“まきこまれラブストーリー”ここに登場！

冒険者の服、作ります！　3
～異世界ではじめるデザイナー生活～

＊本作は「小説家になろう」公式 WEB 雑誌『N-Star』（https://syosetu.com/license/n-star/）に掲載されていた作品を、大幅に加筆修正したものとなります。
＊この作品はフィクションです。実在の人物・団体・事件・地名・名称等とは一切関係ありません。

2020年5月20日　第一刷発行

著者 ……………………………………… 甘沢林檎

イラスト ……………………………………… ゆき哉
発行者 ……………………………………… 辻 政英
発行所 ……………………… 株式会社フロンティアワークス
〒170-0013　東京都豊島区東池袋 3-22-17
東池袋セントラルプレイス 5F
営業　TEL 03-5957-1030　FAX 03-5957-1533
アリアンローズ公式サイト　http://arianrose.jp
フォーマットデザイン ……………… ウエダデザイン室
装丁デザイン ……………………………… 伸童舎
印刷所 ……………………… シナノ書籍印刷株式会社